L’éclat de l’aurore

En scène

La collection « En scène » s'attache à publier et ainsi à valoriser des pièces de théâtre repérées lors de concours d'écriture ou de salons, dans tout l'espace francophone. Ces pièces se sont toutes démarquées par leur qualité d'écriture, leur originalité et leur potentiel à être jouées par des amateurs ou des professionnels du monde du théâtre.

Dernières parutions

Christophe Le Nest, *Norvège*, 2023.
Abdulrahman Khallouf, *Les paradis sous lesquels coulent des fleuves*, 2023.
Christiane Joanny, *Affaires d'honneur*, 2023.
Gilles Desnots, *Plâtre à mer*, 2023.
Jérôme Fouquet, *Marcel et Louis*, 2023.
Sophie Lamarche, *Au café bleu*, 2023.
Philippe Chignier, *Dazibaos*, 2023.
Jana Montorio, *Les îles et les cabillauds*, 2023. (Médaille de bronze du concours *Vivons les mots !* 2022)
Marwil Huguet, *La femme saisie*, 2023. (Médaille d'argent du concours *Vivons les mots !* 2022)
Dominique Fidon, *Deux cabines*, 2023. (Médaille d'or du concours *Vivons les mots !* 2022)
Oriane Gassan, *L'enfant du rivage*, 2022.
Isabelle Cauchois, *Pièce(s) de vie*, 2022.
Nathalie Joffroy et Joumana Maallawi, *Maison à tout prix*, 2022.
Joanna Pomian, *Élection présidentielle*, 2022.
Léo Koesten, *Schmeling*, 2022.
Aurélien Corront, *AutoPsy*, 2022.
Sabir Kadel, *Vox populi*, 2022.
Hélène Caillet, *Liberté sur canapé*, 2022.
Alexandre Metratone, *Un luxe colossal*, 2022.
Caroline Corme, *Comment leur dire que j'ai appris à me taire ?*, 2022.
Sarah Donsar, *Le rendez-vous des fleurs*, 2022.
Philippe Lipchitz, *Electre encore, encore Oreste*, 2022.

Antoine Le Grix

L'éclat de l'aurore

L'Harmattan

5-7, rue de l'Ecole-Polytechnique, 75005 Paris

http://www.editions-harmattan.fr

ISBN : 978-2-14-049048-4
EAN : 9782140490484

Aux derniers gentilshommes de ce monde, et aux femmes fières, indépendantes et lumineuses, mais à l'orgueil en abandon.
À la fougue chevaleresque, et à la passion.
Au panache et à l'émotion.

À Cyrano de Bergerac, à Hermine et Séléné, à Armand Raynal de Maupertuis et Don Lope de Villalobos y Sangrin, à Eusèbe, au Raïs Kader et au Maître d'armes.
À Louve.

PERSONNAGES

AURORE
SIMÉON
JEAN
AUGUSTE
LOUIS DE SARAN, le Régent

La pièce se déroule dans un port, où s'entremêlent tonneaux et mouettes, gardes du Régent et marins libres.

ACTE PREMIER

Le port, au crépuscule.

SCÈNE PREMIÈRE

AURORE, SIMÉON

SIMÉON, *errant et soupirant.*
Il était temps, enfin le soleil s'efface ;
Et déclinant, face à la Lune se lasse.
Ô, quelle joie ! La seule satisfaction
De ma croix et de mon calvaire ;
D'une journée pleine de désillusions,
Et de pensées tournées vers le cimetière.

(Silence.)

Moi qui guette le sommeil et le repos ;
Qui ne vis que pour l'ombre et la nuit,
Où j'oublie mon malheur et mes cris :
Loin du jour et de l'astre chaud…
Que la lumière pour moi sonne faux !

AURORE, *s'arrêtant de nettoyer un bateau et s'approchant de lui.*
Mais, Monsieur, que dites-vous là ?
La lumière tout d'abord ne sonne pas !
Elle sollicite de nos sens la vue :
Comme toutes les bonnes choses,
Elle apparaît rare et diminue ;
Nous dépérissons sans sa dose.
La lumière scintille et nous éclaire ;
Elle s'observe et s'admire en plein air.
Elle brille dans l'obscurité tel un phare ;
Et de son métier, elle en a fait un art.

(Silence.)

On en vit ensuite sous les voûtes,
Dans les caves et dans les cachots ;
Elle nous attire, elle nous envoûte,
Il n'y a qu'à voir dans les tripots !
À l'ombre d'une chandelle,
C'est là que vous faites les sots
Et consommez plaisir charnel…
Sans lumière, pas d'admiration ;
Ni plaisir de chair ni douces visions.
Il faut mal la voir si l'on veut s'en défaire,
Ou être une vache qui à sa vue meugle ;
En clair :
Vous êtes aveugle !

SIMÉON
J'admirerais votre position si je le pouvais ;
Je louerais votre verve aux abords parfaits,
Je répondrais même à votre dernière pique !
Mais mon chagrin m'interdit la réplique…
Sachez simplement que la lumière
N'existe que par son contraire !

AURORE
Qu'un chagrin vous empêche de parler,
En voilà une bien mauvaise idée.

SIMÉON
C'est que vous n'en connaissez la teneur.

AURORE, *spirituelle.*
Éclairez-moi donc ; j'ai toute l'heure…

SIMÉON
Je n'en ai ni le courage ni l'envie,
Vous n'êtes ni légère ni dénuée d'esprit.

Si du moins vous étiez enivrée,
Je l'envisagerais peut-être ;
Mais vous voir vive et habitée
M'interdit de vous importuner ;
Oubliez ! Je ne vous en ferai connaître.

AURORE, *montrant le bateau.*
M'avez-vous vue ?
J'étais seule sur le port, tout comme vous ;
Les habits fragiles, les jambes nues :
Je nettoie à l'argile, cette belle proue
Que je ne possède que de vue.
À l'heure des ripailles et des fous,
Tous embrassent et vivent la vie ;
Tous sont réunis, et tous rient.
Ils rient d'eux-mêmes, ils rient de moi ;
Ils rient de vous et ne connaissent l'émoi.
« Messire, prendrez-vous une pinte ? »
« Si fait, mais d'argent je n'ai que feinte. »

(Silence.)

Mon profil plus simple et plus discret,
Est d'une d'apparence moins gaie :
Je suis face à vous, sans le sou,
Vous écoutant pour tuer le temps…

(Aurore pointe plusieurs tonneaux du doigt.)

Alors parlez donc, parlez de tout,
J'ai la nuit et voici mon divan.

SIMÉON
Laissez-moi dans ce cas vous aider,
Il y a longtemps que je n'ai servi.

D'erreurs à l'errance, je n'ai eu métier,
Ni faveur ni décence, suscitant un cri ;
Je n'ai fait qu'être roi d'Indifférence,
Mon malheur servant ma transparence.

AURORE
Pour quelqu'un de transparent, alors !
Près de l'eau vous parliez à cran, bien fort !

SIMÉON
Gardez force et esprit pour mon récit,
Il faut du courage pour le commenter.
Il ne me reste donc qu'à vous inviter
Là où vous parliez de fous et de cris ;
Et autour de puissants houblons,
Je daigne me soumettre à la Question.

AURORE
M'inviter en un lieu de joie et d'ivresse ?
Tâchez d'abord d'arborer un sourire,
On n'y pénètre que sous son empire.
Cessez ensuite vos airs de politesse,
Nous nous devons joies et liesses.

(Silence.)

Vous semblez craindre mon refus,
Mais comment dire non à cette offre ?
Décliner la fête et les grands crus,
Refuser de vider placards et coffres :
C'est ça, être perdu.

Aurore et Siméon se dirigent vers un coin du port plus animé.

SCÈNE II

AUGUSTE, AURORE, SIMÉON, DES BADAUDS

AUGUSTE, *servant deux chopes à Aurore et Siméon.*
Aurore ! Je m'étonnerais de te voir ici,
Si je n'avais l'habitude de tes doux cris.

AURORE
Auguste mon cher, mon ami !
Le même mot qu'hier : merci.

Aurore et Siméon s'assoient près de deux tonneaux, à l'écart d'Auguste.

SIMÉON
Et bien, une habituée !
Il faut toutefois m'éclairer :
Vous êtes un mousse solitaire,
Un diamant brut et populaire ;
Et cela tout à la fois ?

AURORE
Je vis ici et là,
Au gré du vent et des emplois ;
Je distribue bonheur et sourires,
Tous m'aiment et veulent me ravir.
Ils souhaitent allégresse et gaieté,
Avoir l'âme et les yeux charmés ;
Les miens brillent et chantent,
Je suis connue car je suis pétillante !

SIMÉON
Je conçois fort bien la chose ;
Mais je pensais à une autre prose,

Celle de votre condition sociale :
N'êtes-vous pas un mousse banal ?

AURORE
Vous touchez ici l'un de mes secrets,
Ma passion est d'être feu follet.
Mon métier est quant à lui plus sobre ;
Mais point de honte, point d'opprobre,
Il faut bien gagner sa vie
Pour que ne sonne l'hallali.
C'est pour vivre de boissons et de rires,
Que je nettoie les ponts des navires.

SIMÉON
Vous avez la parole et l'énergie faciles ;
N'avez-vous pensé aux danses des îles ?
Et que dire de la musique ou des chants ?
Je suis sûr que vous jouez d'un instrument !

AURORE
Si fait Monsieur, cessez l'énumération !
C'en est peu, ce ne sont que de dons.
Je pourrais certes trouver plus lyrique,
Mais je trouve mon port sympathique ;
J'y entends nombre d'histoires de fond
Qui sont utiles à mes préoccupations.
Mais ceci est une autre histoire, je traîne ;
À vous de parler, je cesse la mienne.

SIMÉON
Vous allez devoir j'en ai peur,
La trouver banale et sans saveur.
Face à vos pérégrinations…
Vous semblez avoir du vécu ;

Je tâcherai d'être tout sauf long,
Pour vite vous épargner ma vue !

AURORE
Allons, allons, maintenant crachez ;
Toute histoire est bonne à dire.
Les seules qui sont à bouder
Sont celles que l'on refuse d'offrir.

SIMÉON
Toujours de l'esprit,
Vous n'en démordez pas.
Attention à votre énergie :
Fatiguée, elle vous quittera !

AURORE
Joliment formulé ce pléonasme,
Mais cessez donc votre marasme.
Un seul mot reste d'actualité :
Racontez !

SIMÉON
Fort bien, vous avez gagné.
Il faut partir dix ans en arrière…

AURORE
Pour quelle carrière ?

SIMÉON
Je commençais tout juste mon métier.

AURORE, *ironique.*
Laissez-moi deviner.
À en juger par votre misère,

Une seule possibilité :
Bouc émissaire ?

SIMÉON
C'est cela, piquez-moi !
Je garderai mes mots tout bas.

AURORE
Faites, je jouerai au devin ;
Le défi vaut bien mon festin :
Vous êtes mystérieux,
Je tiens des plus curieux !

SIMÉON
Serais-je un livre ouvert ? Je nie.
Épatez-moi confrère, je suis tout ouïe.

AURORE
C'en est plus facile qu'aux galères ;
Nous sommes très loin du calvaire.
Je lis en vous comme dans mon verre !

Aurore finit sa chope.

SIMÉON
J'attends de voir vos suppositions…
Que j'espère aussi vives que cette boisson !

AURORE
Par où débuter le commencement ?
Par l'introduction et l'évident :
Vous êtes un solitaire,
Et vous traînez votre misère.
Vous fuyez une ancienne vie ;
Une vie précieuse, sertie de rubis.

Une vie soyeuse, qui fut abrogée ;
Le portrait, simple, est aisé…
Un amour, une femme, un enfant ?
Peut-être un tout, assurément.
Vous êtes désormais seul ;
Vous errez de votre linceul,
Persuadé que plus rien n'a de bon
Et insensible aux charmes d'Apollon.
Quant à vos activités, voyons…

(Silence.)

Vous savez rimer ; vous avez bon fond :
Cela ne saurait être militaire…
Si vous fuyez : êtes-vous pamphlétaire ?
Peau peu hâlée, accent peu marqué…
Votre teint échappe aux saveurs d'Orient,
Vous n'êtes pas grand voyageur errant.
Vos mains ne sont ni soignées ni usées ;
Peu de parchemins, peu de plumes,
Encore moins un travail d'enclume…
Vous êtes tourmenté : vous étiez artiste ?
Votre carrure n'a elle rien d'élitiste.
Le physique est discret, mais la silhouette est belle ;
Vous n'êtes pas laid et vous gardez cervelle.

SIMÉON
Trop aimable, quel zèle !

AURORE
Vous cachez bien le personnage ;
Vous êtes trop neutre et trop sage,
Mais j'ai pourtant ma théorie !
Le visage est lisse, puisque sans vie :
Votre blessure vous en a détaché,

Vos sentiments se sont enterrés.
La face est marmoréenne ;
Je ne puis fendre pareille obsidienne.
Les indices sont aux yeux cachés,
Dans votre esprit se trouve la clé !

SIMÉON
Diantre, quel catalogue !
En serait-ce l'épilogue ?

AURORE
Ai-je raison ?

SIMÉON
Disons, pour éviter de faire long :
Vous êtes proche mais restez à tâtons.

AURORE
C'est tout ? Cessez la patenôtre ;
Soyez fou, mettez-y du vôtre !

SIMÉON, *imitant l'enthousiasme d'Aurore.*
Bon.
Quelle imagination !
Quelle palette !
À mon tour, attention la tête !

AURORE, *faussement sur la défensive.*
Oh ! Qu'allez-vous trouver ?
Ne craignez-vous de rester muet ?

SIMÉON
Tout à l'heure je n'ai pas osé,
Mais je me dois d'une réplique.

Vous m'avez habilement piqué ;
C'est l'heure d'être caustique !

AURORE, *souriante.*
Je n'attends que votre épée !

SIMÉON
Sachez d'abord qu'il n'existe d'exemplarité.
Chaque chose sur Terre arbore un creux ;
Vous affichez sourire mais vous êtes cernée :
Je lis la fatigue qui s'étale sur vos yeux.

AURORE
… Joli double sens !

SIMÉON, *esquissant un léger sourire.*
C'est que, Madame, je pense !

AURORE
Continuez ; prolongez votre lance.

SIMÉON
Vous prêchez le positivisme,
Vous condamnez le malheur ;
Quel bien joli prisme,
Pour une si grande erreur !
Vous cachez votre peine,
Derrière cette joie qui traîne ;
C'est mauvais de la garder pour soi,
Il n'est pas bon d'être aux abois !

(Silence.)

Votre combat reste louable :
Pour remonter le moral des gens,

Vous racontez de belles fables ;
Vous masquez vos propres tourments.
Vous pensez incarner un apôtre ;
Une faille cependant :
Qui fera oublier les vôtres ?
Quant à vos activités de vie,
Nul besoin d'être observateur.

(Silence.)

Vous me l'avez partiellement dit :
Vous vivez avec les armateurs ;
Pour entretenir le corps,
Vous travaillez au port.
Pour garder votre bon ton,
Vous courez les boissons.
De manière générale, quel tableau !
Vous êtes fatale, avec de beaux idéaux.
Vos principes furent un jour les miens ;
J'espère que vous ne connaîtrez mon destin.

AURORE
Ainsi pour parler de moi il fallait parler de vous.
Pourquoi devrions-nous être pareils en tout ?

SIMÉON
Si j'avais mon cœur je partagerais votre douleur ;
Un tel sourire cache souvent grand malheur.
Pour paraître si serein il faut se maquiller,
Votre masque s'est nourri d'adversité.
Plus le mensonge est fort, plus le mal est preux ;
Vos maux doivent être bien fâcheux.

AURORE
En tout cas, je ne m'étais donc pas trompée.

Vous parlez pour moi, mais à travers vous :
C'est votre émoi qui a dû vous rendre fou ;
Sentez la souffrance traîner à vos pieds !
Vous avez fui, vous êtes un loup ;
Un solitaire endurci au fond du trou.
Blessé, seule la Lune vous est salutaire ;
Écoutez ! Vous lui hurlez votre misère.

(Silence.)

Votre cœur est fermé,
Mais ce n'en est pas la fin :
La prochaine étincelle d'été
Peut raviver l'ardeur du matin.

SIMÉON
Vous semblez peiner à travers ce constat ;
Je le suis plus pour vous que pour moi.

AURORE
Peinée cela est établi :
Cela s'appelle l'empathie !
Peinée certes mais perdue jamais :
Vous saurez rechanter comme le geai.
Là où il y a eu cœur, il y a eu flammes ;
Votre brasier pleure, aujourd'hui éteint :
Il a beau être aussi froid qu'une lame,
Aussi sombre que votre chagrin,
Il peut se réveiller à tout moment ;
Retrouver sa chaleur et son élan…

(Silence.)

Animer le désir, et nous faire voir
L'essentiel de ce monde : l'espoir.

SIMÉON
Encore faut-il réussir à le rallumer.

AURORE
C'est que j'en ai fait ma spécialité.

SIMÉON
Vous vous entachez d'un beau combat !

AURORE
Voyez-vous, messire de mauvais aloi,
Vous semblez oublier une chose.
Si vous continuez à être en osmose
Avec le malheur et la tristesse,
Ce n'est pas dû à votre espèce
Mais à la simple faute du mauvais sort ;
Vous n'êtes pas encore tombé sur l'or.

SIMÉON
Je souhaite que vous parveniez à votre but ;
Il fut un temps où je me pensais perdu,
Mais il s'agit peut-être comme vous dites,
De temps et de rencontres fortuites ;
D'un seul et bien mauvais hasard.
Je vous imite : il n'est jamais trop tard ?

AURORE
Jamais.

SCÈNE III

JEAN, AURORE, SIMÉON

JEAN, *d'un grand sourire.*
Ne jamais dire jamais avec notre Aurore !
Elle réussirait à voir gauche à tribord.

AURORE
Jean, mon cher Jean !
Je te présente mon nouvel ami,
Il apparaît tristement ;
J'en ai fait mon prochain défi.

JEAN, *tirant sa révérence.*
Le nom ne reflétant rien de moi,
Nous n'avons recours qu'aux prénoms.
Pour vous, pour le monde et les rois,
Je suis Jean et je ne vois votre boisson !
J'offre la tournée de bon ton ;
Souffrez annoncer votre sirupeux,
Monsieur… Monsieur ?

SIMÉON
Il y a longtemps que j'ai oublié mon nom ;
Appelez-moi simplement Siméon.

JEAN
Un grand bravo Messire Siméon,
Vous avez compris nos traditions !

Jean s'éloigne pour prendre les commandes.

SCÈNE IV

AURORE, SIMÉON

AURORE
Avant que Jean ne nous coupe à nouveau,
Une chose à retenir de mes mots :
J'ai gagné !

SIMÉON
Vous plaisantez !
À quel propos ?
Quelle plaisanterie, c'est idiot :
J'ai dû la manquer !

AURORE
Je vous ai rendu le sourire !
Ou tout du moins : vous n'êtes plus à mourir…

SIMÉON
Ne criez pas victoire trop vite !
Je n'ai admis qu'un seul postulat :
Ne pas avoir eu la bonne visite…
À l'instant mon bonheur demeure coi.
Je conçois l'idée de pouvoir revivre
Suite à une rencontre exceptionnelle ;
Mais la probabilité qu'elle me délivre
Reste du domaine de l'irrationnel.
Les longs soupirs et le chagrin
Qui m'attendent encore demain,
Sont d'une idée peu réjouissante
Et je reste ainsi abattu.
Conclusion peu surprenante :
Vous avez perdu !

AURORE, *faussement boudeuse.*
Je n'ai pas gagné mais c'est un peu court ;
Il ne s'agit absolument pas d'une défaite.
Si j'y parviens dans les prochains jours,
Vous vous sentirez bien bête.

SIMÉON
Soit, mais je doute que votre bienveillance
Amène celle qui ôtera mes souffrances.

SCÈNE V

ARMAND, JEAN, AURORE, SIMÉON

JEAN, *s'asseyant avec quatre chopes à la main.*
Aurore, Siméon, vos boissons…
J'y ai même trouvé un compagnon !

ARMAND, *se fend d'une courbette.*
Armand, pour vous servir…
Il n'est rien qui ne me convienne,
Et je sais boire sans faillir.
À votre santé et à la mienne !

AURORE
Tout doux, Armand, tout doux !
N'oublie pas de garder courroux ;
Nous en avons besoin demain,
Avec l'épée sortie de son écrin.

SIMÉON
Quelles affaires avez-vous ?

Armand boit sa chope d'un trait, puis regarde Siméon d'un air méfiant.

ARMAND
Aurore, votre ami…
D'où est-il sorti ?

AURORE
D'ici et d'ailleurs ;
Il a en Enfer perdu son cœur,
Et ne trahira pas notre combat :
J'en fais ma profession de foi.

ARMAND
C'est entendu, alors ;
Laissons parler Jean-parole-d'or.

JEAN, *théâtral, s'éclaircissant la gorge.*
Mon cher Siméon, vous vous demandiez
D'un air prompt le plan d'Armand.
N'ayez crainte, elle implique l'épée
Mais aussi la victoire, assurément.
C'est qu'Aurore nous a convaincus !
Forte de sa verve et de son vécu,
Affublée d'énergie et de noblesse,
Elle défend la veuve et l'orphelin ;
Elle protège pauvres et ânesses…
Et nous a séduits d'un quignon de pain !
Si bien qu'Armand, prince des bretteurs,
Révolutionnaire royal et fin pourfendeur,
Défiera demain en duel un démon :
Celui qui pourchasse les petites gens,
Une canaille doublée d'un félon ;
Diabolique et féroce Régent,
J'ai nommé le triste Louis de Saran.

SIMÉON
Aurore, dernier rempart de l'opprimé ?
Cela n'est point étonnant ;
Sa fougue m'a soufflé au nez,
Son courage semble débordant.
Mais, pour vous, pour le goût de la vie,
L'entreprise n'est-elle pas trop hardie ?

AURORE
Vous voyez, Siméon… Vous n'êtes pas perdu.
Vous osez sermon… D'un argument si cru !

Si vous invoquez le goût de la vie,
C'est que vous devez y voir un rubis.

SIMÉON
… Je peux éprouver pour autrui,
Sans éprouver pour moi.

JEAN
Si vous avez autant d'empathie,
Vous tenez trop à la vie ; croyez-la.

ARMAND
Gardez votre empathie, noble personnage !
Je ne suis démuni, l'ennemi ne me fera ombrage.

SIMÉON
Mais ne le dit-on pas excellente lame ?
J'en ai entendu dire la plus mauvaise fourberie.

JEAN
Son escrime du bien se déclame ;
Mais ses valeurs baignent dans la duperie !

(Jean pointe Armand du doigt.)

Né dans l'espièglerie, notre bon forban
Saura s'en sortir avec talent !

AURORE
J'ai toute confiance en Armand.
Ne peut qu'y succomber Louis de Saran !

SIMÉON
Dans ce cas je bois à votre victoire.
Puisse-t-elle faire beau conte demain soir…

JEAN
La formule est belle cher Siméon !
Je vous trouve loin d'être insensible.
Quel que soit le mal qui vous est compagnon,
Je ne peux vous en croire la cible ;
Vous auriez plutôt du chasseur le don.

Jean bâille.

ARMAND
Aurore a toutefois raison ;
Il est temps de rejoindre Morphée.
J'emporte gants, cape et éperons
Mais aussi Jean ! Proche de rêver.

JEAN, *saluant Aurore et Siméon.*
À demain !
La fête sera sans fin.

Armand et Jean sortent.

SCÈNE VI

AURORE, SIMÉON

SIMÉON
Vous déteignez fort sur vos amis.

AURORE
Et je m'en réjouis !

SIMÉON
Vous faites bien, c'est un compliment.
J'avoue être enclin à votre discours ;
Il fait ressortir du lâche son côté ardent,
Il enthousiasme et captive sans détour.

AURORE
Je reste coincée d'un combat,
Vous l'oubliiez : le vôtre, je crois.

SIMÉON
L'entrevue fut belle, la séance a servi :
Dans votre zèle, vous eûtes bon résultat ;
Je m'en vais le méditer dans mon lit.
Je vous laisse y croire, restons en là ;
Partez sur cette victoire, j'ai presque ri.

AURORE
J'accepte car c'est sincère !
Allons changer d'air.

Aurore et Siméon se lèvent et déambulent dans le port, devenu désert.
La pénombre envahit les lieux.

AURORE
Et bien Monsieur, quelle nuit !
Quel soir joyeux ; vous êtes verni.

SIMÉON
Ah non, très peu ! Madame, je nie.

AURORE
Vous parliez de séance…
À demain pour la seconde, quelle chance !

SIMÉON
Je vous quitte…

AURORE, *l'interrompant.*
Le pas léger !

SIMÉON
Ne triomphez pas trop tôt ;
Allez plutôt réviser vos mots.

AURORE
Cher compagnon du soir,
Je vous remercie pour ce repas.
Il m'a évité les prochaines arrhes ;
J'aborderai ma nuit sans tracas.

SIMÉON, *inquiet.*
Savez-vous seulement où dormir ?

AURORE
Point d'angoisse, j'aime au port me languir :
Les vagues bercent, le tangage fait dormir ;
Je loue votre chevaleresque préoccupation,
Mais je trouve toujours solution !

SIMÉON
C'est à vous que les louanges reviennent ;
Écouter sans broncher ma peine
Est d'une prouesse extraordinaire.
Merci d'avoir écouté sans braire,
Notre récital m'a rendu serein ;
Dans mon mal, j'y ai trouvé du bien.

AURORE
N'exagérons rien.
Je vous ai seulement fait prendre conscience
Qu'Enfer et Paradis se regardent en faïence ;
Mais qu'au fond, les deux ne font qu'un :
L'un n'existe pas si l'autre y pose un frein.

SIMÉON
C'est une douce manière de voir le pire,
J'y réfléchirais si je ne voulais dormir.
Mais je crains de devoir vous quitter
Pour un répit que je ne peux manquer :
Celui du sommeil et de l'oubli.
Alors je pars avant réveil et cris ;
Dans la nuit noire, fuir ma triste vie.

AURORE
Je dois avouer…
Vous attisez ma curiosité ;
Vous êtes fascinant !

SIMÉON
Quelle idée !
Par quel argument ?

AURORE
Vous avez de l'esprit,
Mais vous l'avez fui.

SIMÉON
Et vous, vous avez de beaux vers.
Mettez-vous à l'écrit vos éclairs ?

AURORE
Non, je n'écris que de la prose.
Parfois, rarement, j'ose :
Délicatement, je me lance ;
Je fais des élégances.

SIMÉON
Vos paroles… Je suis sincère ;
Elles mériteraient moins d'éphémère.

AURORE
Pour flatter l'oreille,
Vous n'avez pas votre pareil !
Le talent est loin d'être sibyllin ;
Quant à votre chagrin…
Regardez d'abord les étoiles !
L'air est froid, elles sont pâles.
Elles font pourtant briller les yeux
Et nous réchauffent de leur feu ;
Sentez-vous leur puissance ?
L'univers tout entier y danse.

(Aurore enjambe un tonneau et fait un pas de danse.)

Si le monde tourne grâce à elles,
Le cœur doit suivre la ritournelle…

Voyez le bel intermède : vous souriez !
Danser reste le remède ; essayez.

SIMÉON, *d'un sourire.*
Jamais, mais je dois avouer :
Votre ballet m'a surpris…
J'ai presque ri !

AURORE
Une chose est sûre, je reconnais bien là
Bourdon, cafard et mauvaise foi.
À ce ton Monsieur du chagrin,
Vous vous fourvoyâtes d'un point :
Vous disiez tout à l'heure avec caractère,
Que la lumière existait par son contraire…
Mais vos idées sont à ranger au tiroir ;
Car même la nuit, tout n'est pas noir.
L'obscurité n'en est pas une, mon cher :
Regardez donc la Lune ! Elle nous éclaire.

Aurore s'éclipse gracieusement.

SCÈNE VII

SIMÉON, *seul.*
Diantre ! Cette petite a fort caractère ;
Elle répand une flamme bien agréable,
Aussi puissante qu'un tigre à crinière ;
Son apport me devient inestimable.
J'admets avoir eu du mal à l'avouer :
Rien que pour ne pas la voir gagner,
À rester impassible j'ai dû me forcer.
Qu'il était bon de la faire douter !
J'ai pris plaisir à sa moue boudeuse ;
J'ai failli danser, quelle ingénieuse !

(Siméon regarde tout autour de lui.)

Ah, le port !
L'endroit doucement s'endort ;
Bercé par l'outre-tombe du ciel,
Et l'obscurité des flots éternels.
Les couleurs sentent bon !
J'hume un filet de poissons ;
Le sel et la vase me pénètrent,
Le bois mouillé ; du hêtre !
L'odeur de la mer m'envahit :
Calypso m'appelle sur son lit.
Et ces étoiles ! Quel toit !
Si j'avais une toile, peindrais-je là ?
Elles brillent de mille éclats.
On s'y berce de réflexion,
On y distingue nos vies ;
Dans l'infini elles s'en vont
Et nous laissent si petits.

(Silence.)

Quel rêve ! Quel tableau !
Je l'aperçois d'un œil nouveau.
Il y a longtemps que je n'avais pas vu,
La vision me prend au dépourvu…
Je sors d'un grand sommeil ;
Et d'un cri salutaire je m'éveille.

(Silence.)

Quel sentiment ma foi étrange,
Il y a longtemps que je l'avais oublié ;
Depuis des lustres sans louange,
Je me sens enfin apaisé.
Vais-je oublier mes malheurs ?
Cesserais-je de glorifier la peur ?
Je ne peux oublier mon chemin ;
Le deuil doit être mon destin.
Mais devenir digne des morts,
Serait-ce regarder vers l'aurore ?

(Silence.)

Apprécier la vie pour les défunts,
Voilà leur hommage au quotidien.
Pour les garder ici, près de nous ;
Il faut apprécier la vie, être fou.

(Siméon regarde la Lune et les étoiles.)

Ai-je le droit de sourire à nouveau ?
Vous me diriez de trouver repos…
Je tâcherai de retrouver mon brasier
Pour vous honorer de vers exaltés.
Décidément, quelle nuit !
Elle était toute noire, mais l'Aurore a lui.
C'est que cette lutine n'a pas tort ;
La Lune est belle, elle éclaire le port…

ACTE II

Le port, à l'aube.

SCÈNE PREMIÈRE

SIMÉON, UN HOMME

UN HOMME, *essayant de réveiller Siméon, qui dort entre deux tonneaux.*
Debout Siméon !
Il fait chaud, il fait bon ;
Réveillez-vous,
C'est l'heure des sous !

SIMÉON, *endormi.*
Monsieur, cessez le charivari ;
Quel pieu vous m'enfoncez d'un cri !

UN HOMME, *sarcastique.*
Vous préféreriez une voix féminine ?
Navré pour vos rêves que je ruine !

SIMÉON, *se levant en sursaut.*
Mais oui assurément, quel rêve !
L'aube pointe doucement sur la grève ;
Elle envahit petit à petit le port
Quand j'ai moi-même rêvé d'une aurore !
C'est que l'argent me brûle ;
Je vous donne de suite le pécule !

UN HOMME
Dame ! Que vous arrive-t-il ?
Votre flamme est d'habitude hostile !

SIMÉON
Je réalise que j'ai compris !
Et les sous n'auraient pu m'y amener.

Ducats, louis, écus et florins, quel patois ;
Aujourd'hui, je suis riche de joie !

UN HOMME, *ricanant.*
L'argent ne fait pas votre bonheur ?
Je vous en débarrasserai dans l'heure !

Siméon s'habille à un rythme effréné.

SIMÉON
Quelle soirée ! Quelle nuit !
Grâce à Morphée, je l'ai admis.
Comme l'a dit une amie
Qui a su étouffer mes cris :
La nuit tout n'est pas noir ;
Que la Lune scintillait hier soir !

UN HOMME
Avez-vous perdu l'esprit ?

SIMÉON
Enfin, enfin, la Lune ! La Lune !
Ses rayons ont frappé mes lacunes.
Des années que je traînais derrière moi
Moult chagrins annonçant trépas ;
Jusqu'à en réaliser ce matin,
Après réflexions et débats sains,
Tout ce que la vie avait à nous offrir ;
Tout ce dont je pouvais encore jouir…
Il me tarde avant ma prochaine leçon :
Plus que quelques heures, que c'est long !

UN HOMME
Pour la dernière fois, cessez votre charabia !

Siméon, extatique, secoue l'homme, surpris.

SIMÉON
Vous ne comprenez donc pas ?
Ce soir, j'ai ma seconde séance !

Siméon s'éloigne, d'un pas vif.

UN HOMME, *à lui-même.*
Oui ; il a bien perdu sens…

L'homme s'éloigne à son tour.

SCÈNE II

AURORE, ARMAND, JEAN, DEUX SOLDATS

Armand, soutenu par Aurore et Jean, peine à marcher le long du port et souffre.
Les soldats les forcent à continuer.

AURORE, *consternée.*
Au lieu de vous acharner, vampires ;
Aidez-le à marcher, maudits sbires !
Le sang s'écoule hors de lui,
C'est toute la vie qui le fuit !

JEAN, *gesticulant et difficile à maîtriser.*
Vous êtes lâches ! Lâches !
Attendez que je me libère,
Attendez que je me fâche ;
Vous subirez mes éclairs !

UN SOLDAT
Silence, canaille !

JEAN, *rugissant.*
Aidez-le ou je vous étripaille !
Il a grand-peine à marcher ;
Accordez-lui cheval à monter !

SCÈNE III

SIMÉON, AURORE, ARMAND, JEAN, DEUX SOLDATS

SIMÉON, *à lui-même, éloigné et sans se faire voir des autres.*
Quel est donc tout ce bruit ?
En voilà un féroce boucan !
Que de gardes et d'armurerie !
Sans doute de redoutables brigands.
Diantre ! Mais ce sont mes amis !
Aurore, ligotée !
Quel tort ! Quelle cruauté !

Siméon s'approche discrètement du cortège.

JEAN, *tonitruant.*
Pour la dernière fois, aidez-le !
Il est au bord du trépas, parbleu !

AURORE, *les larmes aux yeux.*
Je vous en supplie, messieurs !
Soyez gracieux.

SIMÉON, *à lui-même, toujours sans se faire voir.*
Armand, mourant !
Aurore, suppliant !
Le spectacle est atroce.
Elle était hier si féroce ;
Je n'y lis plus que désespoir,
Horreur et angoisse sans fard.

(Silence.)

Ses pleurs se sont réfugiés en moi,
Son chagrin m'affecte pas à pas.
Que sa détresse me fend le cœur,
Elle qui débordait de chaleur…
La voilà sans sourire, cernée de vautours ;
Elle m'a sauvé du pire, c'est à mon tour.
Ces marauds lui arrachent des larmes ;
Une seule expiation possible : les armes !

Siméon surgit de sa cachette et charge les soldats.

SIMÉON
Madame, quittez ces cris !

(Siméon renverse un soldat par surprise, libérant Jean.)

Quelqu'un hier m'a appris
À toujours garder espoir,
Même dans la nuit la plus noire !

Jean ferraille avec le second soldat ; Siméon libère Aurore.

JEAN
Que vous tombez à pic, Siméon !
Ma lame n'attendait qu'à sortir de ses gonds !

SIMÉON, *à Aurore.*
Madame, dépêchons-nous : fuyons !

AURORE*, à Siméon.*
Monsieur ! Comment… ?

SIMÉON*, à Aurore.*
Plus tard, ce n'est pas le moment !

Aurore aide Armand à marcher. Ils sortent.

SIMÉON, *à Jean, tentant de le raisonner.*
Cessez, Scaramouche !
Il est temps de fuir ;
Gardez de vos touches,
Leurs renforts sont à venir !

Siméon et Jean sortent en courant, suivis des soldats.

SCÈNE IV

AURORE, ARMAND, SIMÉON, JEAN

Tous se retrouvent, essoufflés, dans un coin du port hors de portée des soldats. La nuit est tombée.

JEAN
N'ayez crainte, Siméon,
Vous êtes en sécurité ici ;
Cet endroit du port a bon fond :
Mon repère est votre abri.

Aurore allonge Armand et commence à panser ses blessures.

SIMÉON
Racontez ; que s'est-il passé ?

JEAN
Un mauvais tour a été joué.
Notre duel n'en était pas un :
Il s'agissait du piège d'un vaurien ;
Louis de Saran connaît ses larcins !
Le félon n'a pas montré son gant,
Il a juste envoyé ses brigands.
Il n'a point d'idéaux et bravache ;
Quel faraud, quel lâche !
Nous fûmes vite submergés :
Armand fut durement touché.
L'honneur est sauf heureusement ;
Nous avons lutté vaillamment
Mais vint alors la maréchaussée.
Sans doute ce traître l'a-t-il envoyée,
Pour s'assurer une victoire faussée.

SIMÉON
L'homme n'a plus d'honneur ;
Méfiez-vous de ces tueurs.
Ils assassinent de sang-froid
Et ne comptent plus les coups bas.

JEAN
Parlez-vous de vécu ?
Le combat livré aujourd'hui
M'en inspire l'aperçu ;
Votre ancienne vie était-elle pis ?

SIMÉON
C'est une façon de voir les choses, oui ;
Mais j'abhorre le fait d'en parler,
Concentrons-nous sur notre blessé.

AURORE
Il commence sa cure ! Il va mieux.
Dans sa blessure, il est heureux.

JEAN
Je suis exténué, je vous quitte.
Il me faut reposer, maudite arthrite !

Jean commence à dormir entre deux tonneaux, aux côtés d'Armand.
Aurore et Siméon se lèvent et s'éloignent.

SCÈNE V

AURORE, SIMÉON

AURORE
Monsieur… Tout à l'heure…
Quel jeu ! Quel bienfaiteur !

SIMÉON, *taquin, exagérant.*
C'est que j'étais habité d'une force divine !
Vous portez bien votre nom aux origines ;
L'aurore et l'espoir volant tel un albatros,
Vous étiez la déesse qui me guidait : Eos !

AURORE
J'apprécie mais vous vous fourvoyez ;
Je dois me fendre de mille mercis.

SIMÉON
Vous me surestimez ;
Je n'ai fait qu'aider mes amis.

AURORE
Non, vous avez fait plus que cela ;
Votre délivrance va bien au-delà…
Grâce à vous, nous sommes sauvés ;
Mais surtout, vous avez su me toucher.
Toute ma vie je n'ai pris qu'un chemin ;
J'ai lésé la mienne pour celle d'autrui,
J'ai priorisé leur sourire au mien :
J'ai beaucoup accordé sans un merci.

(Silence.)

Nous venons de nous rencontrer,
Mais vous m'avez déjà protégée :
Je me souviens des reconnaissants,
Et seule une poignée l'est réellement.
À l'exception de mes amis proches,
Nul n'ose dépoussiérer son gant ;
La gratitude fuit leur approche.
Votre courage, tout à l'heure ?
On en aurait dit une gageure.

(Silence.)

Je ne suis guère au bord de l'abîme ;
Mais lorsque j'en fus victime,
Les alliés prêts à se sacrifier
Se sont d'un coup évaporés.
Vos risques ont été grands,
Et votre noblesse vous honore.
Élan et dévotion furent brillants ;
J'en suis émue de tous bords.
C'est un talent généreux :
Gardez-le, il est précieux.

SIMÉON
Vous surestimez mes talents.

AURORE
Vos talents ; pas votre cœur.

SIMÉON
Le croyez-vous débordant ?
Je le pensais sans chaleur.

AURORE
Il est impossible de se battre,
Comme vous l'avez fait, sans un âtre
Où brûlent les flammes d'un feu exquis ;
D'une si belle manière que je réfléchis.
Ne voulez-vous pas nous rejoindre ?
Je ne saurai l'enthousiasme feindre,
La cause a besoin de votre énergie.

SIMÉON
À toutes les causes je reste suspect ;
Il ne s'agissait là que de battre un roquet !

AURORE
Elle dépasse le simple Louis de Saran ;
Elle s'immisce depuis des décennies,
Elle s'est présentée de tout temps
Dans les châteaux, les maisons et les nids.
Elle nous anime et nous fait vibrer ;
Elle donne de l'espoir aux opprimés
Mais fait peur aux grandes royautés.
Pour cette cause, je n'ai qu'un nom…

SIMÉON, *l'interrompant d'un ton sec.*
Ne le dites pas, non !

AURORE
… La Révolution.

SIMÉON, *tête basse.*
La révolution…
Quelle belle notion.
Quel beau mot ;
Et pourtant si faux.

AURORE
Attendez, attendez, il me faut clarifier ;
Vous avez retrouvé votre mauvais pli.
Êtes-vous l'homme triste que j'ai rencontré
Ou le courageux sauveur d'aujourd'hui ?

SIMÉON
Madame… Je vous ai sauvé, oui.
J'ai d'ailleurs même bien réfléchi :
Grâce à vous je vois les jours autrement,
J'apprends à apprécier l'instant présent.
Mais lorsque vous parlez d'une révolte,
Mon passé ne me permet d'être désinvolte.
Mes larmes sont encore fort proches,
Le cœur ne supporterait seconde accroche…
Sachez que je suis familier de vos combats :
Je n'en suis sorti qu'en frôlant le trépas ;
J'ai vu la douleur, elle m'a mise au pas.

AURORE
Le mal est trompeur, mais malgré ces abois :
Ne vaut-elle pas qu'on meure pour elle ?

SIMÉON
La question est belle.
Je connais votre théorie,
Ce fut le combat d'une vie.
Je pensais à tort être préparé ;
La lutte affreuse m'a laissé résigné.
Je sais que vous ne m'écouterez pas ;
D'aucun avant de le vivre n'y croit.

(Silence.)

J'étais comme vous auparavant,
Je refusais de croire les précédents.
Le seul avis qu'on écoute, c'est le sien ;
Pour savoir il faut en être témoin.
J'espère toutefois que vous fuirez son cri :
Je ne le souhaite pas même à mon ennemi.

AURORE
Dans ce cas, pardonnez-moi ;
Vous savez que je ne peux en rester là.
J'aimerais vous croire et m'arrêter…
Mais je dois me faire ma propre idée.

SIMÉON
Je comprends et n'en prends ombrage.
Il m'est néanmoins difficile d'y revenir ;
Je dois y méditer et rester sage :
Dire oui sans réfléchir… Cela serait mentir.

AURORE
Je respecte votre décision ;
J'espère que nous nous recroiserons.

SIMÉON
Est-ce l'heure de nous quitter ?

AURORE
Oui, la nuit est tombée ;
C'est l'heure de s'y mêler.

Aurore et Siméon retournent voir Jean.

SCÈNE VI

JEAN, AURORE, SIMÉON

JEAN, *à moitié endormi.*
Partez le cœur léger Siméon !
J'espère vous revoir un jour ;
Après tout, de votre bataillon
Je suis redevable, la dette court.

SIMÉON
Jean, je loue votre courage andalou !
Ne soyez en crainte pour nous ;
J'ai appris que la nuit était un saphir,
Et que l'Aurore ne fait que la polir.

JEAN
Voyez-vous cette obscurité, qui m'encombre ?
C'est votre gaieté, elle me fait de l'ombre !
Tâchez d'en garder le mérite ;
Quittez maintenant cette guérite !
Je vous ai interrompu dans vos soupirs,
Et vous avez beaucoup à vous dire…

SIMÉON
À la revoyure, compagnon ;
Je vous laisse avec mon impression :
La rixe m'a laissé un seul souvenir…

(Siméon tire sa révérence.)

Vous sauver ? Un plaisir.

Siméon est sur le point de s'éloigner, mais Jean l'apostrophe une dernière fois.

JEAN
Siméon ! Si vous changez d'avis…
Nous serons demain au parvis,
Près de la grande porte du port ;
Vingt heures scellant notre sort.
Un prisonnier doit être déplacé,
Étant pour ses pamphlets arrêté.
Il risque l'échafaud pour ses mots :
Nous les sauverons lui et nos idéaux !

Siméon hoche la tête, l'air grave, et s'éloigne avec Aurore.

SCÈNE VII

AURORE, SIMÉON

Aurore et Siméon déambulent dans le port silencieux et désert, envahi par la pénombre.

AURORE
Ah, Monsieur ! Cette journée…
Nous devions boire à la victoire,
Nous nous retrouvons éparpillés ;
Quel assommoir !

SIMÉON
Le principal est qu'il soit en vie ;
Que nous soyons encore unis.

AURORE, *souriante.*
Monsieur du chagrin, entendez-vous ?
Ce n'est plus moi qui relativise.
Je vous ai donné mon talent fou,
J'ai gagné ; quelle belle prise…

SIMÉON, *un instant muet.*
… Oui, c'est la vérité ;
Vous avez triomphé.

(Silence.)

Je n'ai plus de réplique.

AURORE
C'est que nous sommes iréniques !
Ma victoire est aussi la vôtre ;
Nous voici devenus deux apôtres.

SIMÉON
Quelle fabuleuse vision !

AURORE
Siméon…
Merci de nous avoir sauvés ;
Je vous en saurai à jamais gré.

SIMÉON
Pour vous chère Aurore, je n'ai pas hésité.

AURORE
Usons-nous des prénoms maintenant ?
Quel postulat charmant.

SIMÉON
Seulement Madame, je vous respecte :
Prononcer votre nom m'affecte ;
Il agit sur ma langue comme un rubis,
Son usage d'un éclat brûlant m'envahit.

AURORE
Vous m'en voyez flattée jusqu'à l'éperon.
Je dois aussi avouer mon admiration,
Je ne vous pensais pas combattant ;
Pourtant, que vous avez du cran !
Hier, je n'y aurais misé une pierre ;
Je fus loin d'avoir eu du flair.

SIMÉON
Je ne fais que me débrouiller,
Étant modeste bretteur du passé.
Modeste car peu talentueux ;
Évitant leçons et professeurs

Mais compensant par un vœu :
À défaut de talent, j'avais du cœur !

AURORE
Oui, c'est le plus important.

(Silence. Aurore est hésitante.)

Voulez-vous l'avouer, êtes-vous bien portant ?
Vous semblez remué ; soyez franc.

SIMÉON
La faute repose sur vos larmes !
Ces larmes, qui m'ont bouleversé ;
Elles m'ont fait reprendre les armes,
Que je m'étais juré d'abandonner.

AURORE
Oh ! Votre facette, votre passé…
De nos devinettes, nous oubliâmes d'en parler.
Chez Jean, vous êtes resté peu loquace ;
J'aimerais en connaître la préface…
Croyez bien que je mesure votre sacrifice ;
Comment en fîtes-vous l'édifice ?

SIMÉON
Dame Aurore, j'étais réticent tout à l'heure
À encor devoir me battre avec ferveur.
J'en vois et j'en connais déjà le chemin :
Croyez-moi, il ne mène à rien.

AURORE
Je comprends votre souffrance,
Elle souffle la mort et le rance.
Mais la vie, n'est-ce pas de continuer ?

De toujours sourire et se relever ?
Nos existences s'oublient facilement,
Mais jamais le combat nous animant.
Que sommes-nous à l'échelle d'une lutte ?
Je serai un jour remplacée dans ma chute.
L'Homme passe, ses souvenirs fuient ;
La Lutte nous surpasse, elle nous survit.

SIMÉON
C'est un beau discours…
Mais j'y resterai sourd.
Pardonnez mon silence,
J'ai d'habitude plus d'éloquence ;
Mais m'étendre sur les détails,
Du passé et de mes failles,
Reste difficile aujourd'hui.
Relativisons, plutôt,
Comme vous me l'avez appris ;
Regardez, je souris haut
Car je me tiens à vos côtés.
Ne suis-je pas à envier ?

AURORE
Arrêtez donc, flatteur :
Encore un son, c'est la pâleur ;
Quel compliment, quel dire !
Je m'en vais tant rougir…

SIMÉON
Madame… Je dois m'épancher.
Votre succès vit dans mon sourire retrouvé ;
C'est vous qui lui donnez toute sa beauté.

Aurore s'arrête devant la porte d'un abri de fortune, le long du port.

AURORE, *déçue.*
Monsieur… Nous sommes arrivés.

SIMÉON, *déçu à son tour.*
Si tôt ?

AURORE
Oui… C'est idiot.

SIMÉON
Le chemin fut court, ma foi.

AURORE
Ne reconnaissez-vous pas ?
Nous avons pourtant fait le tour ; deux fois…

SIMÉON
Je m'incline malgré moi !
Merci pour cette soirée ;
Elle m'offre de toute gaieté,
Le plus beau des soupirs :
Une nuit apaisée, loin du pire.

AURORE
Cette porte annonce mon gîte ;
C'est là que je vous quitte…
Mais je n'oublie pas vos vers :
Laissez-moi les lire en travers ;
Cette nuit je pourrai y réfléchir,
Et rêver dessus à tout loisir.
Demain, à l'aurore au matin,
J'aurai réplique et mots aussi fins.
J'y répondrai avec la même tendresse ;
Je vous en fais la promesse.

Aurore passe la porte et la referme derrière elle.

SCÈNE VIII

AURORE, SIMÉON

Aurore et Siméon sont séparés d'une porte.
Aurore fait quelques pas et s'éloigne du battant, puis se retourne brusquement et se dirige vers la porte.

AURORE, *à elle-même, murmurant.*
Siméon !

(Aurore et Siméon restent chacun de leur côté du battant et ne s'entendent pas.
Aurore met la main sur la poignée de la porte, mais reste immobile.)

… Quelle drôle de sensation !
De mémoire de confession,
Je n'avais eu pareille amertume.
Naviguerais-je en pleine brume ?
Enfin, c'est sot !
Pourquoi voudrais-je rouvrir ce clos ?

Aurore lâche la poignée de la porte.

SIMÉON, *à lui-même.*
Aurais-je dû ?
… Ai-je trop attendu ?
Mes jambes refusent de bouger,
Me voilà à l'enfance retournée :
Il m'a semblé être envoûté,
Par un charme mystérieux
Que l'on retrouve dans ses yeux.
Pareil aux hommes béats face à l'or,
Qui sont paralysés et éperdus ;

J'aurais voulu… Mais d'abord,
Qu'aurais-je voulu ?

AURORE, *à elle-même.*
Oh ! Je ne suis pas au mieux ;
Je semble perdue dans les cieux,
Et noyée dans son air preux.
Pourquoi une telle ivresse ?
Quelle est cette maladresse ?
J'ai toujours agi, été dans l'action :
Que m'a-t-il pris dans cet abandon ?
Qu'elle qu'en soit la cause,
Elle m'a ôté tous mes moyens ;
C'en est trop, elle m'indispose !
Cessez les maux, je refuse le déclin.

Aurore et Siméon partagent les mêmes réflexions.

SIMÉON, *à lui-même.*
N'étais-je pris que d'une empathie ?

AURORE, *à elle-même.*
Non ; je l'aurais déjà ressentie.

SIMÉON, *à lui-même.*
La peur ?

AURORE, *à elle-même.*
Elle en était le résultat ; pas la teneur.

SIMÉON, *à lui-même.*
Alors, c'était de l'affection.

AURORE, *à elle-même.*
C'est encore non !
Je la réserve à mes vieux compagnons.

SIMÉON, *à lui-même.*
La tristesse ?

AURORE, *à elle-même.*
Comment cela se pourrait-ce,
Quand je suis emplie de liesse !

SIMÉON, *à lui-même.*
Ou tout simplement… Le bonheur ?

AURORE, *à elle-même.*
Il n'en a pas cette grandeur.

SIMÉON, *à lui-même.*
Non, le bonheur rendrait comblé ;
Et je sens ici un goût d'inachevé.

AURORE, *à elle-même.*
Une amertume ?

SIMÉON, *à lui-même.*
Mais oui, aussi volatile que l'écume !

AURORE, *à elle-même.*
Pourquoi pareille frustration ?

SIMÉON, *à lui-même.*
Peut-être s'agit-il d'une illusion.

AURORE, *à elle-même.*
Est-ce une sorte… D'attirance ?

SIMÉON, *à lui-même.*
Le terme est fort, faites clémence !

AURORE, *à elle-même.*
Mon cœur, en y pensant, bondit.

SIMÉON, *à lui-même.*
Quelle est donc cette diablerie ?

AURORE, *à elle-même.*
Pourquoi suis-je en proie à l'anxiété ?

SIMÉON, *à lui-même.*
Est-ce… Pour ne pas avoir osé ?

AURORE, *à elle-même.*
Mais oser ; oser quoi ?

SIMÉON, *à lui-même.*
La vérité se cache ; c'est narquois.

AURORE, *à elle-même.*
Ma tête est vaseuse, mon ventre est noué ;
Je me sens fiévreuse, sans être fatiguée.

SIMÉON, *à lui-même.*
Je ne suis pourtant pas malade…
Je suis même prêt à toute bravade !

AURORE, *à elle-même.*
Cette fièvre est si douce ;
Pareille à l'ivresse joyeuse,
Elle nous berce et nous pousse,
Mais la question est épineuse…

SIMÉON, *à lui-même.*
Je n'ai point bu à en être perdu !
Quel palliatif est aussi cru ?

AURORE, *à elle-même.*
Siméon…

SIMÉON, *à lui-même.*
Aurore ?

AURORE, *à elle-même.*
Il ne se peut, non.

SIMÉON, *à lui-même.*
Cela m'arriverait-il ; encore ?
Vivrais-je la chose à nouveau ?
N'est-ce pas trop tôt ?

AURORE, *à elle-même.*
Serait-il ma lacune ?

SIMÉON, *à lui-même.*
Sous l'ombre de la Lune,
Bercée des flots de Neptune,
Elle semblait si fragile ;
Montée d'un air fébrile,
Plus légère que la rosée,
Plus brûlante que l'été.
J'aurais voulu l'enserrer,
La protéger de mes bras ;
Elle qui semblait trembler,
Elle avait sûrement froid.
Mais quel est ce sentiment ?
Quelle est l'idée qui me prend ?

AURORE, *à elle-même.*
Cette peur qui me saisit,
Je dois m'en débarrasser !
Après avoir vécu la folie ;
La misère et les armées,
Les bandits et la maladie !
J'ai lutté contre Sodome,
J'ai vaincu bien des hommes !
Je pensais connaître le danger ;
Quelle est cette nouveauté ?
Elle m'effraie, et m'immobilise ;
Quelle plaie, mauvaise guise !

SIMÉON, *à lui-même.*
Désormais, que tout est clair !
C'est du fait des rayons de Vesper.
La nuit n'était qu'Enfer et obscur,
Je lui ai enlevé toute la suie.
Elle brille fort suite à sa cure ;
Oh, que j'aime cette éclaircie !

(Silence.)

Elle m'évoque un doux trésor,
En venant annoncer l'Aurore.

AURORE, *à elle-même.*
Quelle erreur…

SIMÉON, *à lui-même.*
Ce trésor est plaisant, séducteur,
À la fois charmant et charmeur.
Loin des nuits noires, on l'espère ;
Offert à l'aube et l'espoir, on s'affaire.
Tout le divin murmure son éclat ;

Toute parole sibylline, le renvoie
À sa démiurge voisine : Héméra.

Siméon s'éloigne, le sourire aux lèvres, le pas léger.

SCÈNE IX

AURORE, *seule*.
Je me demande :
Pourquoi résister ?
Ma précarité me quémande
De ne rien regretter.
Je deviens folle, c'est insensé ;
Pour une obole on m'a damnée.
La folie a-t-elle un prix à payer ?
Ceux qui la fuient pour la rigueur,
N'en connaissent que sa froideur.
Le tout ne serait que d'oser :
La folie est la fraîcheur de l'été,
Les larmes délicates de la rosée ;
Elle fait le sel des récits passionnés.

(Silence.)

Fléchir à tous ces sentiments,
Est-ce faiblir forcément ?
Plutôt que d'y résister,
Ne devrais-je pas les accueillir ?
Moi qui les ai déjà ratés,
N'est-ce pas l'heure de m'attendrir ?
Puis-je accepter d'en jouir ?
Ma carapace est celle de l'huître,
Elle n'en est que le premier chapitre.
Une fois la confiance qui déferle,
Elle laisse apparaître la perle…

(Silence.)

Puis-je baisser ma garde ?
Ce qui est certain si je tarde,
C'est le goût acerbe des regrets,
Ce sombre fiel qui nous défait ;
Les chances éphémères disparues,
Et l'âpreté des occasions perdues.

Aurore s'éloigne de la porte, le sourire aux lèvres.

ACTE III

Le port, en fin de matinée.

SCÈNE PREMIÈRE

SIMÉON, *seul.*
Fichtre, quelle nuit affreuse !
La précédente fut d'un sommeil d'or,
Je venais de rencontrer Aurore ;
Mais celle-ci, qu'elle fut piteuse !
Leur offre me tiraille ;
Le dilemme est grand.
Dois-je rejoindre la bataille,
Ou rester humble pénitent ?
J'avais juré de garder la paix
Dans mon fourreau redevenu gai ;
La lame n'aurait pas dû ressortir,
Mais il me faut à nouveau la polir.

(Silence.)

Une peur vient me faire douter,
Et annihile ma confiance retrouvée.
Cette crainte est d'un grand désarroi,
Elle est forte mais n'est plus pour moi.
Je l'éprouve désormais pour autrui :
Est-ce la passion qui m'envahit ?

(Silence.)

En venant anéantir la nuit,
Que l'Aurore est téméraire !
Je m'inquiète pour son flair ;
Saura-t-elle passer tous les dangers ?
N'est-elle pas vulnérable et exposée ?
Qui sera assez fou et débonnaire
Pour la protéger des éclairs ?

Il faudrait trouver un impétueux
Qui puisse aussi défier les cieux.

(Silence.)

Assez parlé en biais, c'est évident ;
La réponse m'apparaît clairement.
Au diable les principes moraux ;
Il est temps de braver les flots,
Et Poséidon n'y pourra geindre !
Les règles sont à enfreindre :
Siméon, tu dois la rejoindre !

Siméon sort.

SCÈNE II

AURORE, JEAN, DES SOLDATS, UN PRISONNIER

Aurore et Jean se cachent derrière deux tonneaux du port, observant un convoi de soldats et leur prisonnier.

JEAN
La peste soit la blessure d'Armand !
Nous manquons d'une épée.

AURORE
Quel est ton plan ?
J'ai peut-être une idée.

JEAN
Combien peux-tu en affronter ?
Deux, sans trop de difficultés ?

AURORE
Allons, avec l'effet de surprise ?
Au moins quatre, la chose est acquise.

JEAN
Fort bien !

AURORE
De ton côté, combien de faquins ?

JEAN
Six devrait faire l'affaire.

AURORE, *espiègle.*
Jean, ne surestimerais-tu pas le numéraire ?

JEAN
Je ferai fi de ta remarque,
Je ne suis pas simple exarque !

AURORE, *riant.*
Alors, c'est réglé !
Mais un problème reste d'actualité…

JEAN
Oui ; nos quatre et nos six…

AURORE
Cela ne fait que dix.

JEAN
C'est peu salvateur…

AURORE
Quid d'un leurre ?

JEAN
Il nous faudrait une aide à l'avant,
Une personne attaquant leur flanc ;
Et un troisième leur bloquant l'arrière.
Nous sommes deux, mauvaise affaire…

AURORE
La tâche ébranle ma foi…
Quelle ruse nous sauvera ?

SCÈNE III

AURORE, JEAN, SIMÉON

SIMÉON, *surgissant de l'ombre, d'un ton théâtral, solennel et amusé.*
Moi !

JEAN ET AURORE, *d'une même voix.*
Lui !

SIMÉON, *tout sourire.*
Et bien, mes amis… Quel cri !
Avec cet accueil, un seul trait :
Fort d'un trompe-l'œil, j'irai.

JEAN
À ce prélude vous pensez arriver ?

SIMÉON
J'en avais l'habitude, par le passé.

JEAN
Avez-vous entendu le plan complet ?

SIMÉON
Si fait ;
Vous devriez d'ailleurs parler plus bas…
Vos quatre et vos six m'en laissent trois.

AURORE
Alors c'est réglé.
Avec votre diversion,
Nous serons au diapason.

Sur le côté Jean le Fier, vous à l'avant ;
Ma présence à l'arrière, et notre talent.

SIMÉON, *sur le départ.*
Comptez sur moi, je serai sérieux !

AURORE
Monsieur !
J'admire votre cran…
Mais soyez vigilant.
S'il vous arrive malheur…
Je ne saurai vivre de l'erreur.

SIMÉON
J'en fais la promesse…
De mon destin vous êtes maîtresse.

Siméon s'éloigne.

SCÈNE IV

AURORE, SIMÉON

Aurore s'élance et rattrape Siméon.

AURORE
Monsieur, une dernière fois !

SIMÉON
J'écoute ; c'est vous le légat.

AURORE
Après notre dernière entrevue…
Pourquoi êtes-vous revenu ?

SIMÉON
Je pense que vous le savez.

AURORE
Les mots, vous les cachez.
Que se cache-t-il derrière vos pensées ?

SIMÉON
Je vous ai déjà tout dit hier soir.

AURORE
Allons, faites-les entrevoir !

SIMÉON, *souriant.*
J'admire votre air gagnant ;
Même inquiète vous gardez répondant.

AURORE
Ne s'agit-il que de votre victoire ?

SIMÉON
Non, je sers un nouvel étendard.

AURORE
Précisément, celui de qui ?

SIMÉON
Mon regard vous l'a déjà dit.
Hier soir, vous n'avez pas répondu :
Quel pouvoir ! À vos lèvres j'ai chu.
Vous qui êtes restée muette,
À votre tour d'être à l'aveuglette !

AURORE, *faussement boudeuse.*
Œil pour œil, dent pour dent ?
C'est petit comme écueil, vraiment.

SIMÉON
Pardonnez-moi cette extrémité…

AURORE
Si je n'ai pas cru bon de parler…
Vous savez ce que j'en pense ;
La réponse réside dans mon silence.

SIMÉON, *acquiesçant.*
Le silence est une belle réponse.
Gardons nos annonces ;
Levez mon interrogatoire.

AURORE, *légèrement angoissée.*
C'est qu'il me faut savoir.
Qu'est-ce qui vous motive ?
Est-ce la cause… Ou est-ce Nous ?

SIMÉON, *souriant et s'éloignant.*
Cessez de jouer la naïve ;
Cela ne vous va pas du tout !

AURORE, *s'époumonant.*
Pour qui êtes-vous revenu ?

SIMÉON, *sans se retourner.*
Je vous le dirai, ému,
À la fin du banquet !

(À lui-même, l'air grave.)

Je vous le promets.

Siméon sort.

SCÈNE V

AURORE, *seule*.
C'est qu'il me reste une question ;
J'espère que vous me donnerez solution…
Lors de notre soirée brève,
Pareille aux amants secrets sur la grève ;
Ai-je désiré votre enlacement ?
N'ai-je qu'imaginé la tiédeur nocturne ?
Le climat y semblait invitant,
Sous la vision taciturne de Vulturne.
Je lisais dans vos yeux, ils parlaient pour vous ;
Ils brillaient et me disaient peu ou prou :
« Aurore, vos lèvres douces et fines
Sont à la mesure de votre grâce divine ».

(Silence.)

Ces vers ont résonné sur votre langue ;
J'en suis sûre et j'en suis toute exsangue.
Votre regard troublant m'en enquiert,
La demande soudoie mes manières.
Que se serait-il passé si d'une forte fièvre ;
Si, téméraire et mièvre, d'un baiser
Je vous avais doucement effleuré ?

Aurore retourne voir Jean.

SCÈNE VI

JEAN, AURORE

Jean et Aurore se tiennent cachés derrière leur tonneau.

AURORE
Jean, mon ami, éclaire-moi.

JEAN
J'écoute, épanche-toi.

AURORE
Pourquoi suis-je en proie à la crainte ?
Moi qui me pensais l'âme sans plainte…

(Silence.)

Ce qui m'étonne, c'est ce nouvel émoi
Après avoir vécu moult combats.
Toute ma vie, j'ai pu l'accepter ;
Tous ces cris, je les ai étouffés.
Notre appréhension est naturelle,
Elle est même aux humains leur sel.
Il faut simplement l'apprivoiser ;
À la manière des feuilles tombées,
Qui ne se soucient pas de leur chute…
Elles volent, pirouettent et crapahutent ;
Emportées par un tourbillon de vent,
Elles vivent avec lui en dansant.
De ce talent, on peut épouser la peur :
Il faut être mouvant, il faut être joueur.
Il ne faut redouter l'éventuelle fin,
Mais l'accepter comme un bon vin.

Pourtant pour la première fois ;
À cran, elle m'envahit d'effroi.

JEAN
C'est bon signe d'avoir peur.
Cela prouve, dans ta grandeur,
Qu'il te reste à perdre bien des choses.

AURORE
Quelles sont-elles ? J'explose !
Cette ritournelle, elle m'indispose :
Voilà encore mon ventre noué ;
Quelle malédiction m'a touchée ?

JEAN
Ton entrave, n'est qu'imaginée !
Le mal n'est pas grave, sois rassurée :
Seuls des papillons y ont élu maisonnée.

AURORE
Je n'ai jamais eu pareille inquiétude !
Serait-ce mon déclin et ma décrépitude ?

JEAN, *théâtral.*
Ô Aurore, rassurez-vous ;
De vos maux je vous absous.
Vous n'êtes point mourante…
C'est même tout le contraire ;
Vous n'avez jamais été si vivante.
Vous pensez à un mauvais tour ;
Mais ce tour…

(Jean sort de sa cachette et dégaine son épée. Il tourne la tête vers Aurore).

C'est l'Amour !

Aurore et Jean, épées à la main, chargent.
Ils sortent.

SCÈNE VII

SIMÉON, DES SOLDATS, UN PRISONNIER, JEAN, AURORE

Dans un coin animé du port, Siméon combat les soldats. Aurore et Jean le rejoignent dans son entreprise. Au cours du combat, une lame s'enfonce dans les vêtements de Siméon qui, surpris, tombe à la renverse.

AURORE, *horrifiée.*
Siméon !

JEAN, *à Aurore.*
Par mes aïeux !
Vite, sauvez-le !

(Jean se démène pour accaparer les lames adverses.)

Je m'occupe de ces bouffons !

AURORE
Siméon !

(Aurore s'agenouille auprès de Siméon, inconsolable, et s'adresse à lui.)

Siméon ! Ô, Siméon…

SIMÉON, *à Aurore.*
Diable ! Quelle vision !
Je pensais céder à la nuit noire,
Mais rien à faire ; vous êtes l'espoir.
De votre lumière, la nuit doit fuir ;

De votre aura, Aurore, c'est pire :
Vous la faites pâlir…

AURORE, *à Siméon.*
Vous semblez si livide ;
C'est la mort qui vient en égide…
Monsieur, que vous êtes blanc !
Je n'ose voir de la blessure le sang.

SIMÉON, *à Aurore.*
C'est que…

AURORE, *à Siméon.*
Gardez vos vœux ;
Vous me quittez brusquement,
Sans que je n'aie eu le temps
D'apprécier avec vous
Tous les plaisirs dissous.
Avant j'étais indécise ;
Aujourd'hui, je réalise.
Vous partez au dépourvu ;
Bien trop tard je l'ai su,
Et je ne reste qu'ingénue.

SIMÉON, *à Aurore.*
Gardez vos efforts et vos pensées en biais ;
Je pensais être mort ; je me trompais.

AURORE, *à Siméon.*
… Vous n'êtes pas mourant ?

SIMÉON, *à Aurore.*
Diantre, ce phénomène est étonnant.
La mort vous ôte-t-elle tout répondant ?

AURORE, *à Siméon.*
Monsieur, je vous en prie ;
Cessez pour un peu l'esprit,
Et expliquez-moi votre rassis !

SIMÉON, *à Aurore.*
Vous avez gagné, soit.
Je disais donc, jeune Hérate,
Que dans mon triste sort,
Je pensais avoir déjà vu la mort.
Et finalement, j'en fus extirpé :
J'étais mourant ; vous m'avez volé.
Face à la Faucheuse, aujourd'hui,
Je ne croyais voir qu'une amie.
Je me suis trompé, j'en ai eu peur :
Je croyais la désirer ; quelle erreur.
Il me reste des choses chères,
Trop fortes à dire, trop faibles à faire ;
Une seule constante domine le tout…

AURORE, *à Siméon.*
Oui, j'en sais beaucoup.

SIMÉON, *à Aurore.*
… C'est Vous.

AURORE, *à Siméon.*
Siméon… Taisons-nous.
Votre sentiment, je l'entends ;
Je le sais et je le sens.
Cruelle poésie qui nous défait ;
Belle ironie, nous voilà muets.
Nous érigions le verbe tout en haut,
Mais ces émotions ne requièrent mot.

Le silence est sage, et plus important ;
Il en dit davantage ; il est éloquent.

Aurore et Siméon laissent planer un long silence.

SIMÉON, *à Aurore.*
Aurore ?

AURORE, *à Siméon.*
Oui ?

SIMÉON, *à Aurore.*
Je me dois d'ajouter encore
Une toute dernière lexie :
Je ne suis point mourant ;
Vraiment.

AURORE, *à Siméon.*
Que dites-vous, en délirant ?

SIMÉON, *à Aurore.*
Je dis que la lame s'est empêtrée dans mes vêtements.

AURORE, *à Siméon.*
Mais alors…

SIMÉON, *à Aurore.*
Je fus surpris de tout mon corps,
Et je tombai d'un cri à la renverse ;
Vous m'avez saisi, sans tergiverse,
Bien avant que je réalise
Que tout ceci n'était que sottise.

AURORE, *à Siméon.*
N'êtes-vous pas en train de rejoindre le Tartare ?

SIMÉON, *à Aurore.*
J'espère y arriver bien plus tard !

AURORE, *à Siméon.*
N'êtes-vous pas sur le Styx naviguant ?

SIMÉON, *à Aurore, tout en brandissant sa lame.*
Il est pour cela trop tôt, mon enfant.
Pour l'heure deux mots, saillants :
En avant !

Aurore et Siméon se relèvent.
Aurore essaye de libérer le prisonnier et Siméon aide Jean à se battre contre les soldats. Siméon est maladroit.

AURORE, *facétieuse, à Siméon.*
Je trouve vos gestes quelque peu légers !
N'y a-t-il pas bataille à gagner ?

SIMÉON, *à Aurore.*
Le trône de la révolte patientera,
Nos amis me pardonneront cela :
C'est que la Révolution peut attendre ;
L'Amour, lui, ne saurait l'entendre.

Siméon laisse Jean se battre contre les soldats, arrache un baiser à Aurore, puis retourne au combat.

JEAN
À moi, les derniers soldats !
La touche finale sera de mon doigt ;
Je refuse d'être altruiste.
Si fait Messieurs, je suis égoïste !

AURORE
À moi, Jean !
Libérons l'ami de son carcan.

JEAN
Aussitôt dit, aussitôt fait !

Jean réussit à faire sauter les chaînes du prisonnier.

SIMÉON
Dépêchons, j'entends les renforts tout près !

Aurore, Jean, Siméon et le prisonnier sortent, suivis des soldats.

SCÈNE VIII

AURORE, JEAN, SIMÉON

La nuit tombe.
Aurore, Jean et Siméon se sont réfugiés dans un abri du port.

JEAN
Mes amis !
Quel conflit !
Quelle audacieuse bataille !
J'en ai heureusement vu la faille.
L'heure est venue de festoyer ;
Serez-vous à nos côtés ?

Jean regarde tour à tour Siméon et Aurore, sans être dupe.

SIMÉON, *sur la retenue.*
J'arrive au banquet, Jean ;
Je te rejoindrai assurément.

AURORE, *sur la retenue.*
Évidemment.

JEAN, *souriant.*
Je me sens encore de trop ;
Je vous laisse à vos regards étroits,
Pour vous dire tout haut
Ce que vous pensez tout bas.

Jean sort.

SCÈNE IX

AURORE, SIMÉON

AURORE
Tout à l'heure, dans vos bras,
Ma pâleur parlait de silence…
J'entendais pourtant votre voix ;
Elle me murmurait votre prestance.
Que le silence m'était parfait !
Il dénudait le son du beau
Que vous en restiez muet ;
C'en étaient les plus beaux mots.

SIMÉON
Ne vous les a-t-on pas déjà murmurés ?

AURORE
Seulement moins bien déclamés !
On me les a dits, c'est un fait ;
Mais en de telles saillies, jamais.

SIMÉON
Vous être agréable aux oreilles
Est d'une victoire sans pareille.

AURORE
J'aimerais avoir votre talent.

SIMÉON
Vous l'avez, tout en l'ignorant.

AURORE
Votre esprit sait trouver les termes ;
Mais il sait surtout flatter mon empire.

SIMÉON
Vous ne savez tout ce qu'il renferme…
Je n'oserai vous faire rougir.

AURORE, *souriante mais dépitée.*
Monsieur…
J'ai pu sur le chemin réfléchir un peu.
Il m'est venu, tangible, un constat amer ;
Un constat terrible, un fruit de chimère.

SIMÉON
Je sens la suite ne pas me plaire.

AURORE
Je ne peux continuer ainsi, Siméon.
Il ne m'apparaît qu'une constatation :
Quand j'ai cru vous perdre, tout à l'heure…
Quel effroi ; quelle horreur.
La douleur m'a mise au pas,
Et je ne peux m'enticher de la sorte.
Prendre le risque de revivre cela ;
Succomber à l'attrait que je vous porte…

SIMÉON
Vous souhaiteriez de moi plus de prudence ?

AURORE
C'est surtout affaire de présence…
Si je dois céder à cette passion,
Je ne serai jamais concentrée ;
Je ne peux accepter la distraction,
C'est là une erreur de cadet.
Lors de l'assaut je fus bouleversée,
Et j'ai senti ma vulnérabilité.

Non pas pour moi, car je l'accepte ;
Mais pour vous, dont j'étais adepte.

(Silence.)

J'ai tout abandonné sur le moment,
Pour voler à votre secours promptement.
J'ai fui le conflit, prise de compassion ;
Impulsive j'ai nui ! À mes compagnons.
Je dois rester dévouée à la cause,
Prête à mourir pour ce que j'ose.
La lutte doit être ma priorité ;
Nous le savons tous même blessés.
Ici je ne voyais pas que mon combat ;
J'en regardais plus de vous que de moi.
Je fus en dette, de quelques impairs…
Et distraite ; elles faillirent coûter cher.

(Silence.)

Je ne peux me permettre d'être volatile,
Je ne peux me permettre d'être rêveuse…
Vous cédez à la mauvaise idylle ;
Que mes mots sont durs ! Je suis affreuse.

Aurore regarde le ciel, les yeux humides.

SIMÉON
Vous êtes au contraire magnifique.
N'ayez crainte de ce tragique ;
Je respecte votre décision,
Nous conclurons ici la passion.
De cette fin je voulais vous remercier,
Pour tout ce que vous m'avez donné.
Je commençais à m'habituer à la joie

D'apercevoir tout votre éclat.
Cette sensation, je pensais l'avoir perdue :
Elle n'avait fait que glisser hors de ma vue.

(Silence.)

Vous fûtes un rappel salutaire,
Je m'en rappellerai à chaque verre.
Nous sommes tous l'aveugle de quelqu'un :
Vous m'avez guidé et sorti du déclin.

AURORE
Je vous ai donné si peu, c'est lâche ;
Comparé au feu que je vous arrache…

SIMÉON, *souriant légèrement et relativisant.*
Vous m'avez rendu mon caractère.

AURORE, *esquissant un sourire.*
Je n'ai fait que ranimer sa colère.

SIMÉON
Sur mon fourreau vos larmes ont pu luire ;
Permettant à mon épée de ressurgir.

AURORE
C'est que, Monsieur, votre lame ;
Elle abritait un cœur de feu et de flammes.

SIMÉON
Si nous en sommes à notre fin,
Je me dois d'un dernier point.
Je vous reste féal et droit ;
De la révolte j'ai revu l'éclat.

Si ainsi vous me le permettez,
Je combattrai encore à vos côtés.

AURORE
Comparés aux miens,
Cruels et assassins ;
Que vos vers sont beaux.

SIMÉON
C'est que… Ils sont loyaux.
Des larmes de mon cœur,
Sortent les vers avec ardeur.

(Siméon lui tourne le dos et fait quelques pas, puis s'immobilise. Il ne regarde pas Aurore.)

Permettez-moi simplement,
De vouloir échapper aux festivités ;
Pardonnez-moi auprès de Jean,
Je n'ai pas le cœur au banquet.

AURORE, *les larmes aux yeux.*
Je suis navrée, Monsieur.
Je le suis en tout lieu.
Mais je ne peux avoir le temps…
De croire à ce sentiment.

Siméon se retourne et croise le regard d'Aurore.

SIMÉON
Madame, pour l'Amour…
Nous l'avons ; toujours.

Siméon sort.

ACTE IV

Le port, à l'aube.

SCÈNE PREMIÈRE

AURORE, JEAN

JEAN, *secouant Aurore, endormie.*
Aurore ! Réveille-toi !

AURORE, *murmurant.*
Holà Jean, réfrène ta voix ;
Je dors : fais comme moi.

JEAN
Je crois Siméon fort imprudent.

AURORE, *se levant d'un trait.*
Comment ?

JEAN
C'est qu'il est parti il y a peu,
Investi d'un but ma foi fort périlleux.

AURORE
Je n'y comprends mot ;
Explique-toi tout haut.

JEAN
Il se rend chez le Régent,
Pour exécuter ton plan !

AURORE
Mais enfin, quel plan ?

JEAN
C'est justement ce que j'aimerais savoir ;
Pour cela je te retourne la question !

AURORE
Je n'en ai jamais été le phare !
De quel boniment t'a-t-il fait don ?

JEAN
L'entreprise m'inquiète beaucoup,
Il m'a dit qu'il n'en était que ton fou.

AURORE
Mais c'est de la folie,
Cent soldats l'y attendent tapis !

JEAN
J'aurais plutôt dit mille…

AURORE
Ne joue donc pas les sibylles !
Que t'a-t-il dit précisément ?

JEAN
Qu'il partait voir Louis de Saran,
Ayant convenu avec toi l'affaire ;
Et qu'il allait y rétablir un impair.

AURORE
Pourquoi pareille volonté ?

JEAN
C'est que je lui ai sans doute glissé
Comment Louis nous avait jadis trahi ;
Et que dans son péché,
Il t'avait blessée et meurtrie.

AURORE
Tu lui as retourné l'esprit !

JEAN
Je n'ose te dire « oui »…
Il te transmet également un mot,
Qui m'a fait froid dans le dos :
« Adieu ! »

AURORE
Mais c'est affreux !
Pour se jeter dans la gueule du loup,
Pour tenter seul de mettre fin au joug ;
Siméon n'a pas de plan de sortie ?

JEAN
Diable quel gâchis !
Hier soir que vous êtes-vous dit,
Pour déchoir et qu'il ait à penser :
« Je me sacrifie » ?
Vous étiez censés vous aimer…
Pas l'un l'autre vous condamner !

AURORE, *interdite un instant, tête basse.*
Je lui ai avoué dans mes tourments,
Que je ne pouvais croire mes sentiments ;
Qu'ils ne devaient pas m'envahir,
Car j'étais perdue et proche de faillir.
Que… L'attirance m'était trop dure ;
Qu'elle échauffait ma blessure,
Et que je ne pouvais l'endurer.

JEAN, *les yeux écarquillés.*
Ô, calamité !
Quel non-sens !

Quelle déchéance !
L'essence de la vie veut qu'on y succombe ;
Aphrodite se retournerait dans sa tombe !

AURORE, *interdite.*
Jean, qu'ai-je fait ?

JEAN
Cessons le babillage : je le sauverai !

AURORE
Je l'ai mis dans la difficulté ;
Je ne peux t'y mêler.
C'est à moi de le sauver !

JEAN
J'irai, et sans toi.

AURORE
Pourquoi pareil constat !

JEAN
C'est trop dangereux, Aurore…

AURORE
As-tu fini, puis-je clore ?
Je me dois de te réfuter.
Pourquoi ne me battrais-je pas ?
C'est une place que j'ai méritée ;
J'ai prouvé ma valeur au combat.
Je me suis bravement battue,
Distillant feintes et pointus ;
Bien des hommes ont abdiqué
Et je les ai vaincus sans douter.

J'appartiens à ce qui va suivre :
C'en est mon histoire et mon livre.

JEAN
Pourquoi discuter ?
Tu es la seule à pouvoir te contrôler !

AURORE
Il est temps, allons-y !

Aurore fait quelques pas puis s'arrête et regarde au loin.

AURORE, *à elle-même.*
Siméon, vous me devez une vie.
Restez prompt, debout, restez vivant ;
Mon vœu fou est aussi votre pendant.
Il faut également que je vous bénisse,
Vous m'avez insufflé un vent nouveau :
Un vent qui souffle les délices,
Une brise desserrant mon étau.
Peut-être que je n'y croyais pas,
Peut-être que je ne voulais y croire ;
Mais tous vos murmures pas à pas
M'ont offert un nouvel espoir.
Celui d'une affection particulière,
D'un sentiment exalté et exaltant,
D'une timidité cavalière
Et d'un courage hésitant.

(Silence.)

J'ai découvert d'autres reliefs,
De nouvelles passions ;
J'ai laissé au port mes griefs,
Pour naviguer comme l'espadon.

La nature s'en ressent différemment :
J'hurle à la lune comme le loup,
Je ressens ses frissons jusqu'au cou ;
Je vole aux côtés des aigles libres,
Qui s'approchent du ciel en équilibre.
Vos yeux dansent dans les miens,
Vos prunelles reflètent nos écrins ;
Je fus bienveillante et insaisissable,
Je m'offre farouche et affable.
Votre regard est la braise qui m'attise :
Tantôt frêle, je suis acquise ;
Tantôt belle, je suis conquise.

(Silence.)

À présent que j'ai retrouvé courage,
Je souhaite vous en faire l'éclairage ;
Il faut que vous m'écoutiez !
Soyez clément, demeurez entier…
Pour l'heure, il est temps ;
C'est la fin de l'entracte.
Préparons-nous au dernier acte !

JEAN, *le visage grave, rejoignant Aurore.*
Réalises-tu où nous allons ?
Nous courrons un grave péril ;
Dans la gueule du loup nous tombons :
J'y suis prêt et j'en jubile.
Mais l'es-tu pareillement ?

AURORE
Le répit est court, le danger est grand ;
Ma fin accourt et je m'y rends.

JEAN
Allons, il faut sourire !
Qu'importe le pire,
Pourvu qu'on ait la lyre.
Le peuple chantera notre exploit ;
De Saran ne nous rendra coi.
Point besoin de nourriture,
D'ivresse ou de verdure :
Pour sustenter l'âme fière,
Seuls comptent nos vers.

AURORE
C'est que beaucoup y voient flou ;
Mais nous, mon ami, Nous ;
Nous sommes des visionnaires.

Aurore s'éloigne en courant.

JEAN, s*ouriant de dépit.*
Ah, que l'amour est exaspérant !
Que les amoureux sont agaçants.
Nous passons la vie à nous chercher…
Ces deux-là se sont bien trouvés,
Mais sont les seuls à s'être refusés.

Jean court à son tour.
Ils sortent.

SCÈNE II

SIMÉON, DES SOLDATS

Siméon se cache derrière des tonneaux, devant la maison du Régent donnant sur le port, gardée par des soldats.

SIMÉON, *à lui-même.*
Ainsi…
Me voici prêt ; j'en ai fini.
Le soleil brille de mille feux :
Il s'en va rejoindre le zénith ;
Et de ses rayons lumineux
Il réchauffe pierres et granit.
Où se cache ma lame,
Dans son fourreau perdue ?
Louis de Saran elle réclame,
Restant tapie et à l'affût.

(Silence.)

Serait-ce l'heure de l'orage ?
Ma main tremblante fuit le courage.
Siméon, la chose est actée ;
Cesse donc à Aurore de penser.

(Silence.)

À l'idée de ne plus la revoir,
Il faut bien l'admettre au parloir :
J'ai peur.
Mais cette pesanteur,
N'est-ce pas le propre des braves ?
Tous les héros vivent la peur :
Simplement, de leur air grave,

Ils gardent cran malgré la terreur ;
Et assurément en taisent la teneur.
L'effroi n'effacera pas mon panache ;
Il n'en est que plus beau et ne se cache.
Après tout la voilà, sa définition :
Aller au bout de ses convictions,
Même si l'y attendent désillusions.

(Silence.)

Allons Siméon, du courage !
Fais donc résonner l'adage ;
Fais tonner ces deux mots,
Qui se prononcent tout haut
Et qui pour l'éternité perdurent :
À l'aventure !

Siméon empoigne son épée et sort de sa cachette.

SIMÉON, *d'une voix forte.*
Soldats !
À moi !

SIMÉON, *à lui-même.*
Je suis prêt à attaquer.
Le sort en est joué…
C'est la fin ;
Elle mériterait quelque bon vin :
À défaut, j'emporterai ces nigauds.
Rideau !

Siméon charge et force la porte. Les soldats le suivent. Ils sortent.

SCÈNE III

AURORE, JEAN, DEUX SOLDATS

Aurore et Jean se tiennent cachés, devant la maison du Régent.
Ils se faufilent derrière deux soldats qui gardent la porte, et écoutent.

LE PREMIER SOLDAT
Quel idiot celui-là !
Qu'est-ce qu'il a cru ?

LE SECOND SOLDAT
On l'a bien réduit au silence, ce miséreux !

AURORE, *à Jean.*
Jean, quel désespoir ;
Nous arrivons trop tard…

Anéantie, le regard vide, Aurore fait demi-tour et tente de faire quelques pas, sans but.

AURORE, *à elle-même.*
Je savais que cette aventure
Ne m'allait être que sinécure,
C'est même pire que cela :
Elle a signé mon trépas.
Lui parti, ma foi s'en va…
Quelle douleur ! Quel mauvais pli !
Ce sont les pleurs qui sont mes cris.

(Silence.)

Quand les sentiments nous pénètrent,
Quand nous laissons le cœur sensible l'être,
Nous ressentons des choses plus fortes.
En bien et en mal, elles nous portent ;
Mais à jouer lacrymal, on en est fragiles,
Au point d'omettre l'importance futile.

(Silence.)

On s'offre nerveux, à fleur de peau,
Que cela n'en est heureux, voire faux ;
On aimerait se libérer de ce sentiment,
Qui nous torture et qui nous ment.
On voudrait s'en affranchir,
Jusqu'à l'Autre abhorrer et fuir,
Alors que l'allégresse il procure
Tout comme l'extase la plus pure.
C'est à la fois un don et une malédiction :
L'amour est notre émotion
La plus proche de la haine.

(Silence.)

Quels tourments, quelle peine !
C'est le lot des amants, et de la scène.
Tous les passionnés y sont dramatiques ;
Ils l'exagèrent à un rang liturgique.
Pour une prière et fuir le diabolique,
Rester mesuré leur évite le pire ;
C'est la condition pour ne pas souffrir.
Cette leçon, j'ai décidé de l'outrepasser ;
J'en ressors grandie mais assassinée.

(Silence.)

Que l'âme du poète est compliquée !
Qu'il s'agisse de composer des vers,
De les écrire ou de les déclamer,
Il se sert du drame et de l'Enfer ;
L'inspiration n'est que plus belle,
Quand elle s'offre fragile et mortelle.
La mienne connaît là son apogée ;
C'est le chant du cygne qui s'est élevé.
Cet exercice se montre périlleux,
Et ne s'affiche que dangereux :
Le poète qui l'utilise pour ses rimes,
Il est exubérant et intime ;
Il est courageux et exposé,
Il s'offre même face au danger.
Il vit de larges vallées riantes,
Et de tristes terrains rocailleux ;
Il s'inspire de passions enivrantes
Mais aussi de chagrins amoureux.
Il ose de toutes ses croyances,
Même s'il est seul à en voir l'évidence.

(Silence.)

Le poète a pour lui l'honnêteté brutale ;
Sa plus grande arme et sa tare fatale.
Il frise l'insolence et le verbe acéré,
Tout en restant noble et distingué ;
Il est habité de doutes et d'assurance
Pour changer de répertoire à outrance.
Il est autant téméraire que réfléchi,
Il répand sa verve et ses conflits ;
Il a la plume distinguée, la parole pure,
Il affronte le danger bien qu'il perdure.
Le poète est nu, brûlant et consumé,
Ou froid comme le vent d'Aquilon ;

Il est inconscient, mais surtout exalté…
Et définitivement nourri aux émotions.

(Silence.)

Derrière chaque espoir de bonheur,
Se cache un plus ample malheur ;
On croit voir l'heureux un instant,
C'est pour mieux en être terrifiant.
Que ces sentiments sont cruels,
Je n'aurais pas dû y succomber :
Chaque haut qui nous scelle
Est un bas plus aiguisé.

JEAN, *s'approchant d'Aurore, lui intimant de revenir.*
Aurore, ne désespère pas !
Tu n'en as pas le droit ;
Il vaut mieux une vie de hauts et de bas,
Pour en apprécier parfois le rythme plat.
C'est toi qui m'as enseigné cela !
Reste positive, tu me l'as appris ;
Écoute donc ces malappris.

Aurore, peu convaincue, se cache à nouveau et écoute.

LE PREMIER SOLDAT
Qu'est-ce qu'il croyait ?

LE SECOND SOLDAT
Il a de la chance que de Saran l'ait épargné !

LE PREMIER SOLDAT
C'est pour mieux le soumettre à la question !

AURORE, *à Jean.*
Siméon ! Encore vivant !

JEAN, *à Aurore.*
Vous voyez ! Tout va en relativisant !

AURORE, *à elle-même.*
Quel apaisement ! Quelle survie !
Quel gouffre émotionnel…
C'est la troisième fois qu'il m'envahit,
En ces deux jours irrationnels.

JEAN, *à Aurore.*
Vous êtes heureuse en tout, j'ai compris ;
Maintenant concentrez-vous je vous prie !

LE PREMIER SOLDAT
Il n'est pas près d'en réchapper.

LE SECOND SOLDAT
Qu'est-ce qu'on va faire de cet idiot ?

AURORE, *à Jean, et sur le point de sortir de sa cachette pour se battre.*
Vous entendez ces coqueberts ?
Ils ne parlent même pas en vers !

JEAN, *à Aurore, en lui retenant le bras.*
Tout en nous donnant le principal !
Siméon est vivant ; c'est vital…

LE PREMIER SOLDAT
Il est enchaîné,
Sur la place du port !
Louis de Saran veut l'exécuter demain.

LE SECOND SOLDAT
Bien, cela sera sa dernière leçon !
Le forban mourra seul.

Aurore sort de sa cachette.

AURORE
Seul, il ne le sera jamais ;
Et cela tant que je vivrai !

Aurore assomme les deux soldats.

SCÈNE IV

SIMÉON, *seul, enchaîné sur la place du port envahie par le crépuscule.*
Voilà ;
J'entends qu'il tonne, c'est le glas.
Mais l'heure n'est point aux regrets,
J'aurai au moins fait un carnage :
J'ai marqué au fer tous ces benêts,
Et Louis de Saran a crié de rage.
De leur troupe invalide partiellement,
J'ai pu donner répit à Aurore et Jean.
Et maintenant ?

(Silence.)

Quelle révolte, quel combat ?
Il semble vain.
Qu'arrive-t-il à ma voix ?
Elle s'éteint.
Où diable se terre ma foi ?
Elle a trouvé sa fin.
Une autre entretiendra l'espoir,
Une autre je l'espère viendra choir !
À l'exaltation elle conduira ;
Le front et la bataille elle mènera.
Pour réveiller bonheurs et drames,
Pour exalter nos peurs et nos âmes,
Pour raviver les cœurs et les flammes !
Mais pourquoi ma voix s'élève ?
Dans mon désert minuscule,
Nul n'entendra mes rêves ;
Dans la tombe de ma cellule,
Je tomberai sans un cri ;
Sans un son ni même un pli.

(Silence.)

À quoi bon s'époumoner ?
Peut-être… Pour finir en beauté ;
Ce beau qui s'immisce en tout,
Qui peine parfois à se montrer,
Qui se cache d'un masque d'acajou :
Il ne suffit que de le chercher.
Si son éclat peut sembler absent,
On finit toujours par tomber dessus ;
Après avoir creusé légèrement,
Jamais nous n'en sommes déçus.

SCÈNE V

AURORE, JEAN, SIMÉON

AURORE
Monsieur du fou !
Je viens creuser pour vous.

SIMÉON
Madame ! Verrais-je flou ?

AURORE
Que nenni, vous n'êtes point délirant ;
Je viens ici vous délivrer prestement.

SIMÉON
Avez-vous les clés ?

JEAN
Des clés pour quoi faire ?
Nul besoin de ce procédé,
Quand on a connu les galères.

(Jean commence à forcer le cadenas avec son épée.)

Diable, elle résiste…
Prenez garde, j'entre en piste ;
Ne m'arrêtera point une porte !

AURORE, *pointant du doigt des soldats arrivant.*
Qu'en est-il de cette cohorte ?

SCÈNE VI

DES SOLDATS, AURORE, JEAN, SIMÉON

Jean réussit à forcer le cadenas.

JEAN
Comme l'on dit chez nous : et voilà !

SIMÉON
Chapeau bas.
Place à votre prochain combat !

Jean se bat contre les soldats. Siméon enlève ses chaînes, face à Aurore.

AURORE, *à Siméon.*
Monsieur…
Je me livre enfin à vous.
Je suis de tous mes vœux
Prête à subir votre courroux.
Au cours ma vie j'ai dû me battre ;
Me frayer chemin parmi les bellâtres,
Supporter leur élégance de bélître,
Et affronter leur prestance d'huître.
Si j'ai réussi à m'imposer,
C'est en faisant taire les pédants ;
Mais dans cette vie tronquée,
J'ai aussi tu mes propres sentiments.

(Silence.)

Aujourd'hui, je me dévoile, j'ose ;
Hardie ! Il est temps que j'éclose.

Je quitte rudesse et exubérance,
Pour la douceur et l'insouciance.

SIMÉON, *à Aurore.*
Madame, j'ai souvent rêvé ;
Rêvé de choses impossibles,
Rêvé de choses imaginées
Qui restèrent impassibles :
D'aucune ne fut accomplie,
Mes songes restant enfouis.
Mais pouvoir être à vos côtés
Est d'une plus grande beauté ;
Je dois avouer, je suis surpris :
Mes désirs inavoués vous en faites fi.
C'est bien là tout votre éclat :
Vous surprenez même mes envies,
Parce que vous allez au-delà.

Aurore et Siméon se regardent intensément sans parler.

JEAN, *brisant le silence.*
Si vos vers sont aussi plats,
Je ne dirais pas non à d'autres bras !

AURORE, *à Jean.*
Jean, un instant !

SIMÉON, *souriant, à Jean.*
Vous l'avez entendu ;
Je n'oserai être contredisant…
Cela serait malvenu,
La connaissant !

JEAN
Faites !

De sa colère je ne suis féru ;
Mieux vaut ne pas lui tenir tête…
Mais quand cela ne dérangera pas trop,
Quand vous trouverez le sablier haut ;
J'aimerais que dans vos paroles,
Vous vous escrimiez d'une obole !

AURORE, *à Siméon.*
Que je regrette le temps gâché ;
Hier soir nous nous sommes ratés.

SIMÉON, *à Aurore.*
Nous ne nous ratons pas, quel faux-semblant !
Nous nous cherchons, c'est différent.

AURORE, *à Siméon.*
Vous avez sans doute raison…
Se chercher est la plus belle des passions.

SIMÉON, *à Aurore.*
Seulement avec parcimonie !
Si se chercher est d'un plaisir acquis…
Il ne faut pas y perdre ses cris
Pour respecter et honorer la vie.

AURORE, *à Siméon.*
J'ai choisi de rejoindre les vivants,
D'un vœu loin d'être hésitant.

SIMÉON, *à Aurore.*
Ah, Madame,
Votre flamme !
Quelle joie je me fais de vous voir…

Aurore coupe Siméon et renchérit.

AURORE, *à Siméon.*
Chaque fois je suis blanc, vous êtes noir…

SIMÉON, *à Aurore, l'interrompant également.*
Vous êtes l'opposé qui sert à me révéler,
Vous êtes la mort qui me lie à la vie…

AURORE, *à Siméon.*
Ce contraire, qui me permet d'exister ;
Et de ma lumière, l'obscurité qui luit.

SIMÉON, *tout sourire, à Aurore.*
Oui ; elle nous éclaire, plus fort…

AURORE, *à Siméon, lui rendant son sourire.*
Salutaire et fière ; c'est l'aurore.

SIMÉON, *à Aurore.*
Madame, vous ne pouvez pas savoir
À quel point vous me sauvez sur le tard.
Il faut que vous sachiez, sur mon passé,
Qu'une chose hante mes pensées ;
Une chose que j'ai frôlée :
La crainte de demeurer seul,
Le cachot devenant mon linceul ;
Écarté de tous, sans mes amis,
D'une mort peu douce, quittant la vie.

(Silence.)

Dans mon passé tumultueux,
Je n'y ai échappé que de peu.
Retiré, j'en fais des cauchemars :
Mourir isolé, sans guide ni phare.

AURORE, *à Siméon.*
Ces affreuses visions sont à oublier ;
Je suis et je serai à vos côtés.

SIMÉON, *à Aurore.*
Le traumatisme a été puissant ;
Seule de toutes ces années passant,
Votre figure m'a rendu de l'allant.

AURORE, *espiègle, à Siméon, en montrant du doigt les soldats.*
Êtes-vous prêt maintenant ?
Voyez notre fesse-mathieu de Jean ;
Il ne nous laisse, dans sa vanité,
Aucune noblesse ; il les a accaparés.

JEAN, *continuant de se battre.*
Ah, mes amis !
Quel charivari !
Quelle histoire ! Quelle morale !
Elle vient asseoir au loin le mal.
L'un pensait que l'amour n'existait plus ;
L'autre pensait qu'il n'existait pas.

Aurore et Siméon rejoignent le combat.

AURORE, *sourire aux lèvres.*
Que dis-tu encore, cher hurluberlu ?
Je te laisserais bien seul dans ton éclat !

JEAN
Je disais dans mon discours :
L'un ne croyait plus à l'amour,
L'autre n'y croyait pas tout court.

SIMÉON
Ce forban, je dois l'avouer,
Nous a assurément cernés !

JEAN
Moi, forban ?
Réservez donc à nos adversaires,
Dont l'esprit semble lacunaire,
Tous vos termes fort pédants.
Regardez donc mon côté altruiste :
Je vous laisse désarmer ce cuistre !

Jean laisse Siméon s'occuper d'un soldat.
Aurore, Siméon et Jean fuient vers la porte d'une maison proche le long du port. Ils sont cernés.

SIMÉON
Quand vous aurez fini vos ritournelles,
Penserez-vous à notre échappée belle ?

JEAN
Ah, Siméon…
J'attendais votre invitation !

SIMÉON
Tentez de forcer cette porte, je vous couvre !

AURORE, *le retenant par le bras.*
Non, je ne saurai perdre ce que je découvre !

SIMÉON
Nous aurons loisir de vivre après ;
Je le déclare et vous le promets.
Pour l'heure il nous faut escamper,
Allez la fracasser !

(Aurore et Jean tentent d'ouvrir la porte. Siméon occupe les soldats.)

Diantre, ces fieffés gredins
Ont l'escrime bien vilain !
Votre air faquin m'insupporte ;
Cessez de m'importuner de la sorte.
Vous restez sourds et muets,
Seriez-vous simples mulets ?
Venez, chers pisse-froid,
Venez donc tâter de mon bois !

JEAN
Votre grandeur, je l'entends d'ici ;
Quelle ardeur, vous êtes hardi !
Je ne vous voyais si bon ferrailleur ;
Et surtout si beau parleur !

SIMÉON
C'est que vous semblez oublier
L'une de mes tirades préférées :
Je ne suis grand, ni le meilleur bretteur ;
Mais à défaut de talent, j'ai du cœur !

(Deux soldats féroces conduisent Siméon à s'éloigner d'Aurore et Jean.)

Attention compagnons !
Vous n'êtes plus sous ma protection !

La porte cède, Aurore et Jean sont contraints d'y entrer.

AURORE
Siméon !

SIMÉON
N'ayez crainte, nous nous reverrons !
De ses feintes, Jean protège votre don !

Aurore et Jean fuient, tous les soldats à l'exception de deux d'entre eux les suivent.
Ils sortent.

SCÈNE VII

SIMÉON, DEUX SOLDATS, UN SOLDAT CACHÉ

SIMÉON, *continuant de se battre contre les deux soldats restants.*
Dites-moi, votre Louis de Saran…
Comment va ? A-t-il pris mon gant ?
J'espère que la marque laissée,
D'une estafilade bien placée,
Lui sera chaque jour mon baiser !

(Un soldat cède.)

Quelle semonce, plus qu'un !
J'annonce : c'est la fin.

(Siméon assomme son second adversaire, mais un troisième caché le surprend par derrière. L'épée lui pénètre le flanc. Siméon, surpris, se retourne et l'abat.)

Ah ! Les pleutres ! Les lâches !
Ils m'ont bien eu ; je me relâche.
Pourtant, sans que je ne me fâche,
Voilà que s'éteignent verve et panache.

Siméon, faible, s'affaisse par terre, adossé contre un tonneau. La voix d'Aurore résonne.

AURORE
Siméon, restez prompt !
Je m'occupe de mes trublions
Et j'accours à notre union !

SIMÉON
L'ironie est belle…
Je me pensais guéri et sauvé ;
J'ai tout perdu d'une étincelle,
Et suis à nouveau isolé.
Le constat est terrible, je suis seul ;
Passé au crible, j'apparais bien veule.
Que la douleur m'est insupportable !
Ce n'est pas la blessure qui fait souffrir,
C'est le spectre de ma peur qui soupire.

(Silence.)

De mes années passées d'anachorète,
Sauvées par un éclat d'aurore en fête ;
J'ai réalisé tout ce que j'avais gagné,
Et tout ce que je m'en vais quitter.
Ma peine physique n'est que secondaire ;
Je viens à penser en apercevant Cerbère,
Que d'un esprit triste peut découler la mort,
Bien plus rapidement qu'une plaie au corps.

SCÈNE VIII

AURORE, DES SOLDATS, SIMÉON

Aurore force la porte de la maison en sens inverse et se retrouve à nouveau sur le port.
Elle tente de s'approcher de Siméon mais doit encore combattre plusieurs soldats. Siméon, le dos tourné, ne la voit pas.

AURORE, *des sanglots dans la voix.*
Siméon !
Pour moi soyez brave et bon…
J'accours de ce pas, je l'ai promis ;
Je suis là, accrochez-vous à la vie !

(Silence. Aurore, inquiète, combat sans confiance.)

De mon souhait, nous n'avons été réunis ;
C'est un regret, je m'en repentis…
Mais laissez-moi m'attendrir ;
Nous avons encore à nous découvrir !

SIMÉON, *souffrant, l'esprit ailleurs.*
Aurore, ma chère Aurore !
Il me semble entendre votre voix,
Mais déjà mon dos se tord ;
La douleur empire tout bas.
Mon cœur saigne, ma vie s'éteint…
Mon esprit peine, divague au loin,
Car ici, tout n'est qu'obscurité ;
Ténèbres, Tartare et damnés.

(Silence.)

J'ai dû rêver que vous étiez là ;
Je vous entends mais je ne vous vois.
Encore un coup de ces faquins :
Je pars fort d'un espoir vain…
Sans vous revoir, sans un baiser,
Sans votre présence éclairée
Tel un phare dans la nuit noire.
Je ne puis attendre, il est trop tard ;
De vous, il ne reste que mon émoi…
Adieu, je meurs sans votre éclat.

Siméon s'éteint.
Aurore met à terre le dernier soldat et court vers lui.

AURORE, *en sanglots.*
Siméon…
Je suis là.

* * *

Structures éditoriales du groupe L'Harmattan

L'Harmattan Italie
Via degli Artisti, 15
10124 Torino
harmattan.italia@gmail.com

L'Harmattan Hongrie
Kossuth l. u. 14-16.
1053 Budapest
harmattan@harmattan.hu

L'Harmattan Sénégal
10 VDN en face Mermoz
BP 45034 Dakar-Fann
senharmattan@gmail.com

L'Harmattan Cameroun
TSINGA/FECAFOOT
BP 11486 Yaoundé
inkoukam@gmail.com

L'Harmattan Burkina Faso
Achille Somé – tengnule@hotmail.fr

L'Harmattan Guinée
Almamya, rue KA 028 OKB Agency
BP 3470 Conakry
harmattanguinee@yahoo.fr

L'Harmattan RDC
185, avenue Nyangwe
Commune de Lingwala – Kinshasa
matangilamusadila@yahoo.fr

L'Harmattan Congo
219, avenue Nelson Mandela
BP 2874 Brazzaville
harmattan.congo@yahoo.fr

L'Harmattan Mali
ACI 2000 - Immeuble Mgr Jean Marie Cisse
Bureau 10
BP 145 Bamako-Mali
mali@harmattan.fr

L'Harmattan Togo
Djidjole – Lomé
Maison Amela
face EPP BATOME
ddamela@aol.com

L'Harmattan Côte d'Ivoire
Résidence Karl – Cité des Arts
Abidjan-Cocody
03 BP 1588 Abidjan
espace_harmattan.ci@hotmail.fr

Nos librairies en France

Librairie internationale
16, rue des Écoles
75005 Paris
librairie.internationale@harmattan.fr
01 40 46 79 11
www.librairieharmattan.com

Librairie des savoirs
21, rue des Écoles
75005 Paris
librairie.sh@harmattan.fr
01 46 34 13 71
www.librairieharmattansh.com

Librairie Le Lucernaire
53, rue Notre-Dame-des-Champs
75006 Paris
librairie@lucernaire.fr
01 42 22 67 13

Achevé d'imprimer par Corlet Numérique - 14110 Condé-sur-Noireau
N° d'Imprimeur :1338069 - Décembre 2023 - Imprimé en France